DIESES BUCH GEHÖRT:

Die drei !!!

Die drei !!!

Betrug beim Casting

Henriette Wich

KOSMOS

Umschlagillustration von Ina Biber, Gilching
Umschlaggestaltung von Sabine Reddig

Unser gesamtes lieferbares Programm und viele weitere Informationen zu unseren Büchern, Spielen, Experimentierkästen, DVDs, Autoren und Aktivitäten findest du unter **kosmos.de**

Weitere Bände dieser Reihe siehe S. 160

FSC
www.fsc.org
MIX
Papier aus verantwortungsvollen Quellen
FSC® C083411

Gedruckt auf chlorfrei gebleichtem Papier

ISBN 978-3-440-16957-5
Redaktion: Franziska Latoska
Produktion: Lena Geiger
Druck und Bindung: CPI Books GmbH, Leck
Printed in Germany / Imprimé en Allemagne

Die drei !!!

Betrug beim Casting

Mord im Wohnzimmer

Marie drückte den letzten Rest aus der Tube mit Lebensmittelfarbe und beugte sich konzentriert über die Kuchenplatte. Nur noch ein Ausrufezeichen, dann hatte sie es geschafft. Da klingelte es Sturm an der Wohnungstür.

»Mist!«, schimpfte sie. Das Ausrufezeichen war total verrutscht. Marie pfefferte die Tube in die Ecke und lief zur Tür. Draußen standen Kim und Franziska. »Könnt ihr nicht einfach wie normale Menschen klingeln?«, begrüßte sie ihre Freundinnen vom Detektivclub, mit denen sie sich zu einem Krimi-DVD-Abend verabredet hatte.

»Was ist denn mit dir los?«, fragte Kim besorgt. »Geht's dir nicht gut?«

Franziska zeigte kichernd auf einen Klecks roter Farbe auf Maries Nase. »Haben wir dich beim Schminken gestört?«

»Nein«, sagte Marie und rieb sich die Nase. »Das hab ich schon heute Morgen erledigt. Ich hab für euch geschuftet.«

Kim und Franziska folgten ihr in die Küche.

»Wow, du hast Muffins für uns gebacken!«, rief Franziska.

»Hast du dafür überhaupt Zeit neben deinen tausend Gesangsstunden, Theaterproben und Aerobic-Kursen?«
Marie holte bereits zu einer giftigen Bemerkung aus, da knuffte Kim Franziska in die Rippen. »Lass Marie in Ruhe! Die Muffins sehen super aus. Und du hast extra überall drei Ausrufezeichen draufgespritzt.«
Marie nickte. »Klar, schließlich haben die drei !!! was zu feiern. Vier Wochen gibt es unseren Detektivclub jetzt schon. Ehrlich gesagt, hab ich die Muffins gekauft. Nur die Glasur hab ich selbst gemacht.«
Franziska prustete los. »Typisch!« Doch als sie merkte, wie Marie genervt die Augen verdrehte, wurde sie schnell wieder ernst. »Entschuldige, ich hab's nicht so gemeint. Kann ich was helfen?«
»Ja«, sagte Marie. »Bring die Muffins schon mal rüber ins Wohnzimmer. Was wollt ihr trinken?«
»Cola!«, riefen Kim und Franziska wie aus einem Mund.
»Alles klar«, sagte Marie.
Kurz darauf saßen sie auf dem riesigen weißen Ledersofa im Wohnzimmer und ließen sich die Muffins schmecken.
Kim leckte sich die Lippen. »Hmm, die Schokostückchen sind das Beste. Ich muss mir gleich noch einen nehmen.« Bei Schokolade konnte Kim nicht widerstehen, die brauchte sie einfach als Nervennahrung, egal ob sie gerade ein kniffliges detektivisches Problem löste oder an einer Krimigeschichte schrieb.
Franziska sah sich inzwischen bewundernd im Wohnzimmer um. Neben dem Sofa stand ein schwarzer Flügel und auf dem

glänzenden Parkett lagen wunderschöne Orientteppiche. Marie hatte es echt gut. Ihr Vater verdiente als Schauspieler so viel, dass er sich eine sündhaft teure Altbauwohnung im nobelsten Viertel der Stadt leisten konnte. Am meisten beneidete Franziska ihre Freundin um den Swimmingpool auf dem Dach und den Fitnessraum mit Sauna im Keller. Aber fast noch mehr beneidete sie Marie um ihren Vater, obwohl sie das natürlich niemals offen zugeben würde. Maries Vater spielte nämlich den Hauptkommissar Brockmeier in der *Vorstadtwache,* und Franziska ließ sich keine einzige Folge der spannenden Krimiserie entgehen.

Da hob Marie ihr Colaglas. »Lasst uns endlich anstoßen. Auf die drei !!! und auf viele neue, spannende Fälle!«

»Auf die drei !!!«, riefen Kim und Franziska. Sie tranken ihre Gläser in einem Zug aus.

Dann stand Marie auf und ging zu einem Regal, das vom Boden bis zur Decke mit DVDs gefüllt war. »Also, welchen Krimi wollt ihr sehen? Ein paar Folgen der *Vorstadtwache* oder was anderes? Papa hat eine riesige Krimi-Sammlung.«

»Mord im Orientexpress«, sagte Kim wie aus der Pistole geschossen.

Franziska lachte. »Das war ja klar. Damit hat alles angefangen. Wisst ihr noch, wie wir uns das erste Mal im *Café Lomo* getroffen haben? Kim, du mit deinem Buch *Mord im Orientexpress* als Erkennungszeichen in der Hand und ich mit *Tim und Struppi*?«

»Natürlich«, sagte Kim. Sie konnte sich noch an jede Einzelheit erinnern. Wie aufgeregt sie damals gewesen war! Sie hatte in einem Schülermagazin eine Anzeige aufgegeben und Mädchen für einen Detektivclub gesucht. Franziska und Marie waren die einzigen ernsthaften Kandidatinnen gewesen, mit denen sie schließlich ein Treffen vereinbart hatte.

»Damals wollte ich gleich wieder gehen«, sagte Marie und drehte sich grinsend zu Franziska um. »Ich dachte, ihr macht so eine Art Kaffeekränzchen und löst bloß lauter Babyfälle.«

Franziska verzog das Gesicht. »Und ich dachte, mit der arroganten Tussi will ich nichts zu tun haben. Du hast dich total wichtiggemacht, mit Fremdwörtern herumgeworfen und mit deinem berühmten Daddy angegeben.«

»Tja, ohne mich säßen wir jetzt gar nicht hier«, sagte Kim und schob sich genüsslich ihren dritten Muffin in den Mund. »Wenn ich nicht dauernd zwischen euch vermittelt hätte, hättet ihr nie festgestellt, dass ihr euch doch ganz gut leiden könnt, und wir hätten nie unseren ersten Fall gelöst.«

»Das stimmt«, sagte Marie. »Ohne dich läuft hier gar nichts.«

Franziska nickte. »Du bist der Kopf der drei !!!.«

Kim wurde rot. »Übertreibt mal nicht.« Sie hasste es, im Mittelpunkt zu stehen.

»Ach übrigens«, sagte Marie, »du hast doch bestimmt Kontakt zu Michi. Wie geht es ihm denn?«

»Gut«, sagte Kim und wurde schon wieder rot.

Bei ihrem letzten Fall hatten die drei !!! Michi Millbrandt kennengelernt und Kim hatte sich sofort in ihn verknallt. Zum Glück lenkte Franziska von dem heiklen Thema ab.

Plötzlich packte sie Kim am Arm. »Das Beste hab ich euch ja noch gar nicht erzählt! Ich hab meine Eltern gefragt, ob wir den alten Pferdeschuppen bei uns hinterm Haus benutzen dürfen, und sie haben nichts dagegen!«

»Toll!«, rief Kim.

»Super!«, sagte Marie. »Du hast aber deinen Eltern hoffentlich nicht verraten, wozu wir den Schuppen brauchen?« Franziska tippte sich an die Stirn. »Für wie blöd hältst du mich? Ich hab kein Wort gesagt, dass wir dort das Hauptquartier für unseren Detektivclub einrichten. Stattdessen hab ich erzählt, dass wir jetzt total gut befreundet sind und einen Raum brauchen, wohin wir uns zurückziehen können.«

»Das ist ja nicht mal gelogen«, sagte Kim, die nichts mehr hasste als Lügen.

»Wie groß ist der Schuppen eigentlich?«, fragte Marie. Franziska sah sich noch mal im Wohnzimmer um. »Hm, bestimmt halb so groß wie der Raum hier.«

»Dann können wir uns ja so richtig ausbreiten«, sagte Kim. Franziska nickte. »Ja, aber erst wenn wir das ganze Gerümpel rausgeräumt haben. Der Schuppen ist randvoll mit alten Möbeln, Brettern und Müll. Ach ja, und in einer Ecke steht auch noch eine alte Pferdekutsche. Die könnten wir drinlassen und neu anstreichen. Dann hätten wir noch eine weitere Rückzugsmöglichkeit, wenn wir mal ganz geheime Dinge besprechen wollen.«

Marie rümpfte die Nase. »Eine Pferdekutsche? Wie romantisch!« Sie konnte mit Pferden nichts anfangen und würde nie verstehen, warum viele Mädchen so verrückt danach waren. Franziska erzählte auch ständig von ihrem Pony Tinka, und weil sie sowieso gern viel redete, hörte sie damit meistens nicht so schnell auf. Marie hatte keine Lust auf eine neue Tinka-Geschichte und lenkte lieber vorher ein: »Du hast recht, eine Kutsche ist gar nicht schlecht, vielleicht gibt es da ja ein Geheimfach unter dem Sitz, wo wir wichtiges Beweismaterial verstecken können.«

»Super, das mit der Kutsche«, sagte Kim. »Dann haben wir eine geheime Zentrale wie *Die drei ???* auf dem Schrottplatz.«

»Noch ist es nicht so weit«, sagte Franziska. »Ich warne euch, das wird echt viel Arbeit. Da brauchen wir schon ein paar Tage dafür. Hoffentlich schaffen wir das überhaupt alleine mit dem Ausmisten.«

»Wir können Michi ja fragen, ob er uns hilft«, schlug Kim möglichst beiläufig vor.

»Gute Idee«, sagte Franziska.

Plötzlich leuchteten Maries Augen auf. »Und dein großer Bruder könnte uns auch helfen, Franzi! Stefan hat doch ein Auto. Damit kann er für uns die Sachen zum Wertstoffhof fahren.« Seit Marie Franziskas Bruder das erste Mal gesehen hatte, musste sie dauernd an ihn denken. Er war schon achtzehn und einfach so was von süß!

»Ich werde ihn fragen«, sagte Franziska. »Trotzdem muss jeder anpacken. Vielleicht solltest du dir bei dieser Arbeit ausnahmsweise die Fingernägel nicht lackieren, Marie.«

»Das lass mal meine Sorge sein«, sagte Marie, legte die DVD

ins Laufwerk und griff zur Fernbedienung. »Aber jetzt entspannen wir uns!«

Die nächsten eineinhalb Stunden starrten sie gebannt auf den großen Flachbildschirm. Der Klassiker von Agatha Christie war einfach superspannend. Auch wenn die drei !!! natürlich schon vorher wussten, dass alle zwölf Fahrgäste gemeinsam das Opfer getötet hatten. Selbst beim Abspann schwiegen sie und waren alle noch ganz gefangen in der düsteren Krimi-Atmosphäre.

Schließlich räusperte sich Marie. »Es kommt mir vor, als wäre der Mord hier im Wohnzimmer passiert.«

Kim und Franziska nickten und spürten, wie ihnen eiskalte Schauer den Rücken hinunterliefen. Dann lachten sie schnell, um die gruselige Stimmung zu vertreiben.

»Wir bräuchten endlich wieder einen neuen Fall«, seufzte Franziska. »Es muss ja nicht gleich ein Mord sein.«

»Ja«, stimmte Kim zu. »Ich könnte auch wieder neuen Stoff für meine Krimigeschichte gebrauchen.«

»Was ist eigentlich mit dem Schreibwettbewerb?«, fragte Marie. »Hast du schon was vom Jugendzentrum gehört?«

Kim nickte. »Ja, die haben mir einen Brief geschickt, drei Tage nachdem ich meine Krimigeschichte abgegeben hatte. Ich hab leider nicht gewonnen. Die Geschichte war zu lang für den Wettbewerb, aber die meinten, ich soll sie ausbauen und die Figuren noch stärker entwickeln. Vielleicht wird ja sogar ein richtig großer Kriminalroman daraus.«

»Du bekommst das bestimmt hin«, sagte Franziska. »Ich könnte so was ja nie.«

»Ich auch nicht«, gab Marie zu. »Aber falls dein Krimi verfilmt wird, würde ich gern die Hauptrolle übernehmen.«
Kim lachte. »Geht klar.«
»Und was machen wir jetzt?«, fragte Franziska, während sie die Muskeln ihrer Beine dehnte, die vom gestrigen Skaten noch etwas verspannt waren.
Marie warf einen Blick in die Programmzeitschrift. »Wir könnten noch ein bisschen bei *Afternoon* reinzappen. Die bringen immer ganz gute Videoclips, Interviews, Flirt-Tipps und so.«
»Jetzt kommt's raus!«, sagte Franziska. »Deshalb laufen dir also alle Jungs nach.«
Marie spielte mit einer ihrer langen, blonden Haarsträhnen und verzog die himbeerfarben glänzenden Lippen zu einem geheimnisvollen Lächeln. »Vielleicht ...« Dann suchte sie den Sender.
Es lief gerade der Videoclip einer Mädchenband. Nach dem Song verkündete Moderatorin Sue: »Heute habe ich noch ein super Event für euch. *Afternoon* sucht eine Nachwuchs-Mädchenband, die regelmäßig bei uns im Studio auftreten soll. Die Band wird aus vier glücklichen Girls bestehen. Dazu veranstalten wir in den nächsten Wochen ein Casting in verschiedenen Städten. Alle Mädchen ab vierzehn Jahren können mitmachen, aber ihr braucht die Einverständniserklärung der Eltern. Die Details und Anmeldebedingungen findet ihr auf unserer Website.«
Marie stieß einen spitzen Schrei aus. »Ein Casting!«

Franziska und Kim sahen sich verständnislos an.
»Na und?«, sagte Kim. »Es kommen doch ständig irgendwelche Castings im Fernsehen.«
»Ja, aber die sind sonst immer erst ab achtzehn«, sagte Marie aufgeregt. »Hier kann man schon ab vierzehn mitmachen. Und ich *bin* vierzehn!«
Jetzt hatte Franziska verstanden. »Sag bloß, du willst da mitmachen?«
Marie strahlte über das ganze Gesicht und nickte.
»Hm, warum eigentlich nicht?«, sagte Kim. »Du kannst super singen und siehst toll aus. Du hast sicher gute Chancen.«
»Meinst du?« Marie sprang auf, griff nach einem Muffin und hielt ihn sich als Mikrofon vor den Mund. *»I wanna be a supergirl, I wanna be a supergirl. Look at me, I'm perfect. I wanna be a supergirl!«*
Kim und Franziska schwiegen nach dieser spontanen Showeinlage verblüfft.
Dann fing Kim an zu klatschen. »Wow, das war toll!«
»Nicht schlecht«, sagte Franziska und pfiff durch die Zähne.
Marie lief wie ein Tiger durchs Wohnzimmer. »Hoffentlich ist Papa einverstanden. Er muss einfach Ja sagen. Wie bringe ich ihm das am besten bei? Oh Gott! Ich muss sofort ins Internet und mir die Formulare runterladen. Und dann rufe ich meine Gesangslehrerin an. Ich brauche doppelt so viele Stunden. Dafür lasse ich die Theater-AG erst mal sausen …«
»Hey!«, rief Franziska. »Komm wieder runter!«
»Geht das nicht alles ein bisschen schnell?«, warf Kim ein.

»Überleg dir lieber alles noch mal in Ruhe. So ein Casting ist der Megastress.«

Marie sah ihre Freundinnen an, als wären sie zwei Bankräuber, die plötzlich aus dem Nichts auftauchten. »Sorry?« Franziska seufzte. »Weißt du noch, wer wir sind? Franziska Winkler? Kim Jülich? Die drei !!!, Detektivclub?«

»Klar weiß ich das«, sagte Marie, war aber mit den Gedanken weit weg. »Würde es euch was ausmachen, wenn ihr jetzt geht? Ich hab noch so viel zu tun.«

Kim runzelte die Stirn. Marie war total im Castingfieber. Hoffentlich ging das nicht so weiter, sonst konnten sie ihren Detektivclub glatt vergessen. »Wir müssen noch einen Termin ausmachen«, sagte sie, um Marie festzunageln. »Wann fangen wir an, den Pferdeschuppen auszumisten? Der nächste Fall kommt vielleicht schneller, als wir denken, und dann brauchen wir unser Hauptquartier.«

»Wie wär's am Samstag um drei Uhr?«, schlug Franziska vor. »Da ist Stefan auch zu Hause.«

Zum ersten Mal schien Marie wieder richtig zuzuhören.

»Am Samstag um drei? Klar komme ich da!«

Das neue Hauptquartier

Marie trat in die Pedale ihres Fahrrads und summte dabei *I'm not a girl, not yet a woman* von Britney Spears vor sich hin. Der Titel war perfekt für die erste Vorrunde des Castings. Im Gesangsunterricht hatte sie ihn auch schon oft geprobt. Oder sollte sie doch lieber einen deutschen Song nehmen? Zum Beispiel *Hungriges Herz* von Mia? Der Refrain war so schön melancholisch: »Mein hungriges Herz beschwert ein bittersüßer Schmerz. Sag mir, wie weit, wie weit, wie weit, wie weit willst du gehn?«

Vor lauter Singen hätte Marie beinahe die Abzweigung zu Franziska verpasst. Im letzten Moment bog sie beim Wegweiser *Tierarztpraxis Dr. Karl Winkler* in den Schotterweg ein. Sie nahm die Hände vom Lenker und sah hinauf zu den alten Laubbäumen. Die Sonne hatte noch Kraft, obwohl es schon Anfang November war, und brachte die orange und rot gefärbten Blätter zum Leuchten. Marie sang noch lauter. Da tauchte auch schon das Haus auf, in dem Franziska wohnte. Die roten Backsteine des Gebäudes leuchteten unter einer dichten Schicht Efeu

hervor. Diesmal war Marie die halbstündige Fahrt total kurz vorgekommen. Fröhlich pfeifend stieg sie vom Rad und schob es hinüber zum alten Pferdeschuppen rechts hinter dem Haus.
Als sie ihr Fahrrad abstellte, stieß sie mit Franziska zusammen. Die schleppte gerade eine Matratze ins Freie. Keuchend warf sie diese auf den Boden und wischte sich den Schweiß von der Stirn. »Ach, Supergirl ist auch schon da!«
Kim kam mit einem kleinen Regal unter dem Arm aus dem Schuppen. »Mensch, Marie! Du kommst viel zu spät. Wir hatten doch drei Uhr ausgemacht, und jetzt ist es vier.«
»Unser Supergirl will sich vor der Arbeit drücken«, sagte Franziska.
Marie biss sich auf die Lippe. »Quatsch! Ich hatte noch Gesangsstunde. Es tut mir leid, ich konnte nicht eher weg, ihr wisst doch, das Casting …«
»Das Casting, das Casting«, stöhnte Franziska. »Hast du nichts anderes im Kopf? Hier geht es um die Zukunft der drei !!!, da muss jeder seinen Beitrag leisten, auch du. Das ist echt nicht fair, was du da machst, weißt du? Du lässt uns einfach hier hängen und es ist dir total egal.« Franziska steigerte sich immer mehr in ihre Wut hinein.
»Reg dich ab!«, rief Marie. »Die drei !!! sind mir überhaupt nicht egal. Ich hab doch schon gesagt, dass es mir leidtut. Dafür bringe ich das nächste Mal Visitenkarten für unseren Detektivclub mit. Ich hab schon am Computer verschiedene Varianten des Logos ausprobiert. Und Papa lässt die Karten für mich drucken.«

Franziskas Wut verrauchte ein bisschen. »Da bin ich ja gespannt!«
»Und ich erst«, sagte Kim. »Falls du Hilfe brauchst, ein Anruf genügt! Ich kenne mich ganz gut aus mit Grafikprogrammen.«
Marie nickte. »Danke.« Dann krempelte sie die Ärmel ihres Pullis hoch. »Also, was kann ich tun?«
Kim und Franziska zeigten ihr den Schuppen. Obwohl sie schon einen Teil des Gerümpels weggeräumt hatten, sah es immer noch ziemlich chaotisch aus. An der linken Wand stand die Kutsche, und nur wenn man genau hinsah, konnte man erkennen, dass sie früher mal blau gewesen sein musste. Davor türmten sich alte Stühle, kaputte Elektrogeräte, Sessel, Zeitungen und Kleider unter einer dicken Schicht Staub und Spinnweben.
Plötzlich wurde der Staub aufgewirbelt und eine gebückte Gestalt mit einem Sessel auf den Schultern bewegte sich auf Marie zu.
Erst nach ein paar Sekunden erkannte sie, wer sich hinter der Staubwolke verbarg. »Hallo, Michi!«, begrüßte sie den Freund.
»Hallo, Marie!«, antwortete Michi. »Gehst du mal aus dem Weg? Das Ding hier ist verdammt schwer.«
Schnell sprang Marie zur Seite. Dann sah sie sich noch mal im Schuppen um und seufzte. Ausmisten hatte noch nie zu ihren Lieblingsbeschäftigungen gehört.
»Wo ist denn Stefan?«, fragte sie.

»In der Garage. Der bastelt noch an seinem alten Opel herum und versucht, ihn startklar zu machen. Der Vergaser spinnt mal wieder.«

»Meinst du, er braucht Hilfe?«, fragte Marie hoffnungsvoll.

»Nein!«, rief Franziska. »*Wir* brauchen Hilfe. Los, pack endlich an!«

Marie blieb nichts anderes übrig. Sie zog sich dicke Gartenhandschuhe an, die sie extra mitgebracht hatte, um ihre Hände zu schonen, und schnappte sich einen kleinen Hocker, der nicht allzu schwer aussah.

»Sachen aus Holz kommen da auf den Stapel«, sagte Kim, als Marie mit dem Hocker herauskam. »Ich hab mir aus dem Internet die Seite des Wertstoffhofs ausgedruckt. Da stand genau, welche Abfälle angenommen werden und wie man sie trennen muss.«

»Okay«, sagte Marie.

Zwei Stunden lang schufteten die drei !!! mit Michi, ohne sich zu unterhalten. Die Arbeit war einfach zu anstrengend.

»Ich kann nicht mehr!«, stöhnte Marie schließlich und ließ sich auf eine Matratze fallen.

Franziska stieß ihr in die Rippen. »He, keine Müdigkeit vorschützen!«

Sofort sprang Marie auf, streckte ihren Körper und strahlte. Verwundert riss Franziska die Augen auf, doch dann merkte sie, warum Marie auf einmal wie ausgewechselt war. Stefan kam von der Garage herüber, die Hände lässig in den viel zu weiten Hosen vergraben. Seine rötlich braunen Haare waren

noch verstrubbelter als sonst und um seinen Mund spielte ein charmantes Lächeln.
»Hi, Mädels!«, begrüßte er sie.
Maries Herz klopfte wie verrückt. Schnell zog sie ihre Gartenhandschuhe aus und warf möglichst verführerisch ihre blonden Haare nach hinten. »Hi, Stefan!«
»Das sieht ja richtig profimäßig aus«, sagte Stefan, während er die säuberlich getrennten Haufen musterte. »Mein Opel brummt auch wieder. Dann kann ich ja schon mal die erste Fuhre zum Wertstoffhof fahren.«
Marie schenkte Stefan ihren schönsten Augenaufschlag.
»Soll ich dich begleiten? Zusammen geht es doch auf dem Wertstoffhof viel schneller.«
»Gern«, sagte Stefan.
Marie achtete nicht auf die genervten Blicke von Franziska und Kim. Kurz darauf hatten sie die ersten Sachen in den Wagen und auf den Dachgepäckträger geladen und Marie stieg mit tausend Schmetterlingen im Bauch ein.
»Bis später!«, rief sie und winkte den Freundinnen nach.
»Überanstreng dich nicht«, rief Franziska ihr hinterher. Stefan drehte das Radio voll auf und sie bretterten zu harten Heavy-Metal-Beats über die Landstraße.
»Ich mach übrigens bei einem Musik-Casting mit«, brüllte Marie gegen die Lautstärke des Radios an.
Stefan brüllte zurück: »Toll! Wann kann man dich hören?«
»Weiß ich noch nicht. Ich muss mich erst mal anmelden«, antwortete Marie und bereute es sofort wieder, dass sie davon

angefangen hatte. Schließlich waren es noch ungelegte Eier und ihr Vater hatte noch nicht mal zugestimmt.
»Dann viel Glück dabei«, rief Stefan und schwieg.
Den Rest der Fahrt war er nicht besonders gesprächig. Trotzdem genoss Marie jede Sekunde, die sie neben ihm saß, und sah immer wieder unauffällig zu ihm hinüber. Wie der Fahrtwind in seinen Locken spielte ... Und sie konnte sogar den schwarzen Bartschatten an seinem Kinn sehen!

Während Marie mit Stefan zum Wertstoffhof fuhr, arbeiteten Franziska, Kim und Michi tapfer weiter. Kim war schon ziemlich erschöpft, versuchte sich aber vor Michi nichts anmerken zu lassen. Doch als Franziskas Mutter mit einem Picknickkorb um die Ecke bog, ließ sie sofort alles liegen und stehen.
»Ich hab mir gedacht, ihr könnt sicher eine Stärkung brauchen«, sagte Frau Winkler und schwenkte fröhlich den Korb. »Da sind Leberwurstbrote drin und Kuchen und Tee.«
»Tausend Dank!«, rief Kim.
»Die Pause haben wir uns aber jetzt echt verdient«, sagte Franziska.
»Wo ist denn Marie?«, fragte Frau Winkler.
Franziska grinste. »Mit Stefan unterwegs zum Wertstoffhof. Wir fangen schon mal ohne sie mit dem Picknick an.« Geschieht Marie ganz recht, dachte sie, wenn hinterher kaum noch was übrig ist!
Kim, Franziska und Michi gingen in den Obstgarten und breiteten eine Decke auf dem Gras aus. Alle drei stürzten sich

hungrig auf die leckeren Sachen. Kim schob Michi dabei unauffällig die besten Bissen zu. Der mampfte drauflos und schien es gar nicht zu merken.

»Wie geht es denn deinem Bruder?«, fragte Kim, als sie den ersten Hunger gestillt hatte.

Michis Gesicht verdüsterte sich. »Nicht so gut. Frank weiß immer noch nicht, ob er ins Gefängnis muss. Zum Glück hat mein Vater ihm einen guten Anwalt organisiert, der hängt sich richtig rein.«

Kim nickte. »Das ist doch schon mal was«, versuchte sie Michi Mut zu machen.

»Hm«, sagte er und beugte sich über den Picknickkorb. Das Thema war ihm offenbar unangenehm.

Da steuerte plötzlich ein hinkendes, leicht zerrupftes Huhn auf sie zu.

»Darf ich vorstellen?«, sagte Franziska. »Das ist meine Polly.«

Das Huhn schmiegte sich an Franziska und guckte sie erwartungsvoll mit seinen starren Knopfaugen an.

Kim brach eine Ecke von ihrem Brot ab. »Mag Polly Leberwurst?«

Franziska schüttelte heftig den Kopf. »Gib Polly bloß kein normales Essen! Sie bekommt nur Würmer. Mal sehen, ob einer in der Nähe ist …«

Entsetzt beobachtete Kim, wie Franziska nach einem Spaten griff und in den Boden stach. Danach suchte sie in der Erde nach Würmern. Bald hatte sie einen gefunden und hielt ihn

hoch. Kim verzog angeekelt das Gesicht, als sich der rosa Wurm unter Franziskas festem Griff hin und her wand.
»Muss das sein?«, fragte sie und merkte, dass ihr bei dem Anblick flau im Magen wurde.
»Wieso?«, fragte Franziska. »Da ist doch nichts dabei. Komm, Polly, jetzt gibt's Fressi-Fressi!«
Michi fing an zu lachen. »Ist das abgefahren!«
Kim konnte gar nicht hinsehen, wie Polly ihren Hals reckte und nach dem Wurm schnappte. Franziska zog den Wurm zum Spaß ein paarmal wieder zurück, bevor sie ihn endlich dem Huhn überließ.
»Darf ich auch mal?«, rief Michi begeistert.
»Klar«, sagte Franziska und grinste ihn an.
Kims Herz zog sich zusammen. Flirtete Franziska etwa mit Michi?
Kurz darauf fand auch Michi einen Wurm. Franziska und er lachten sich halb kaputt, während Michi Polly damit fütterte.
Da hielt es Kim nicht mehr aus. Sie sprang auf und rannte weg.
»Was ist denn los?«, rief Franziska ihr nach.
Kim reagierte nicht und rannte einfach weiter. Irgendwann bekam sie Seitenstechen und blieb stehen. Ohne es zu merken, war sie zur Koppel gelaufen. Mit sanften, braunen Augen blickte ihr ein schwarzes Pony entgegen.
»Du bist bestimmt Tinka«, sagte Kim und streckte vorsichtig die Hand aus.
Das Pony schnaubte und beschnupperte ausgiebig Kims Hand. Das kitzelte.

Kim musste lachen. »Du frisst zum Glück keine Würmer!«
Als wollte sie es beweisen, senkte Tinka den Kopf und rupfte ein Büschel Gras aus.
»Was meinst du?«, murmelte Kim. »Flirtet Franzi mit Michi?« Tinka guckte sie wieder nur mit ihren unergründlichen braunen Augen an.
»Führst du jetzt schon Selbstgespräche?«, fragte Franziska, die auf einmal neben Kim stand.
Kim wurde rot. »Nein. Mir war das nur zu viel mit den Würmern.«
»Ist doch nicht schlimm«, sagte Franziska. »Meine Schwester Chrissie ekelt sich auch total davor. Kommst du wieder zu uns? Michi hat schon nach dir gefragt.«
Da hellte sich Kims Gesicht auf. »Echt? Ich komme!«

Detektivtagebuch von Kim Jülich
Freitag, 20:13 Uhr

Die Schufterei hat sich gelohnt. Die drei !!! haben endlich ein Hauptquartier! Eine Woche lang haben wir fast jeden Nachmittag den Schuppen ausgemistet. Ich hab einen tierischen Muskelkater in den Armen und überall blaue Flecke, aber das war es wert. Am Schluss haben wir auch noch die Kutsche blau angemalt, mit lauter bunten Ausrufezeichen drauf. Das sieht richtig klasse aus. Der Schuppen ist auch total schön geworden. Franzis Mutter hat uns extra Gardinen genäht, und von den alten Möbeln konnten wir einen Tisch und drei Stühle, die nicht kaputt waren, für uns abzweigen. Und das Beste ist: Franzis Vater hat uns aus seiner Tierarztpraxis einen silbernen Bürocontainer mit ganz vielen Schubladen geschenkt. Die oberste Schublade kann

man sogar absperren. Da werden wir jetzt immer unsere geheimen Detektiv-Dokumente aufbewahren.
Das Einzige, was Franzi und mich echt genervt hat, war Maries Unpünktlichkeit. Jedes Mal kam sie zu spät, und wenn nicht gerade »ihr« Stefan in der Nähe war, hat sie nur halbherzig mitgearbeitet und war mit den Gedanken ständig bei ihrem blöden Casting. Am Anfang hab ich mich ja noch für sie gefreut, vor allem, als ihr Vater ihr erlaubt hat, mitzumachen. Doch langsam geht mir das Casting-Getue ganz schön auf den Geist. Wie soll das denn erst bei unserem nächsten Fall werden? Da brauchen wir von jedem volle Konzentration! Falls wir überhaupt einen an Land ziehen ... Wir haben uns zwar darauf geeinigt, dass jeder Augen und Ohren offen hält und es den anderen sofort sagt, falls er etwas Verdächtiges in seiner Umgebung entdeckt, aber bei Marie hab ich da meine Zweifel. Neben dem Casting hat sie jetzt nämlich auch noch was anderes im Kopf: Ihr Vater organisiert morgen mal wieder eine seiner legendären VIP-Partys und sie darf zum ersten Mal dabei sein. Da kommen jede Menge Schauspieler und Promis. Marie hat uns versichert, dass es in der Schauspielbranche ständig jede Menge Intrigen und Betrügereien gebe und dass sie extra gut aufpassen werde. Ich glaube nicht wirklich daran, dass ausgerechnet Marie uns einen neuen Fall verschafft. Die würde es wahrscheinlich nicht mal merken, wenn einer dieser attraktiven, ständig verschuldeten Schauspieler sie ausrauben würde.
Um gute Stimmung zu machen, hat sie übrigens gestern die Visitenkarten gebracht, gleich einen ganzen Stapel. Das Logo ist toll geworden. Marie hat es ganz ohne meine Hilfe hinbekommen. Ein bisschen enttäuscht bin ich zwar schon, dass sie mich nicht gefragt hat. Das hätte mir sicher total Spaß gemacht. Aber egal, was zählt, ist das Ergebnis. Und das kann sich wirklich sehen lassen!
Das ist unsere Visitenkarte:

Geheimes Tagebuch von Kim Jülich
Freitag, 21:01 Uhr

Warnung: Lesen für Unbefugte (alle außer Kim Jülich) streng verboten!
Heute beginne ich ein neues Tagebuch. Ich brauche einfach ein extra Tagebuch, in das ich meine geheimsten Gefühle hineinschreiben kann. Dieses Tagebuch dürfen nicht mal Marie und Franziska lesen, obwohl ich sonst alles mit ihnen besprechen kann.
Also, das Wichtigste zuerst: Ich hab mich verknallt! Das erste Mal so richtig. Wer es ist? Michi Millbrandt! Schon als ich ihn mir damals für die Personenbeschreibung eingeprägt habe, fand ich ihn süß: sechzehn Jahre, mittelgroß, dunkelbraune Haare, Strähnen, die ihm ins Gesicht fallen, jede Menge Sommersprossen auf der Nase. Und dann noch dieses Lächeln! Das haut mich jedes Mal um. Ganz kurz dachte ich, Franzi flirtet mit ihm, aber das war sicher keine Absicht. Und Michi ist zu ihr genauso normal wie zu mir.
Ach, wenn er doch auch mehr für mich empfinden würde! Aber das kann ich nicht erzwingen. Seufz!

Überraschung auf der Party

Marie sah zum zwanzigsten Mal innerhalb einer Minute in den Spiegel und zupfte an ihren blonden Haaren, die sie sich heute hochgesteckt hatte. So kamen die silbernen Ohrringe besser zur Geltung, die ihr Vater ihr zusammen mit dem türkisfarbenen Paillettenkleid geschenkt hatte.

Da steckte Herr Grevenbroich den Kopf zur Tür herein.

»Na, bist du fertig? Die ersten Gäste sind schon da. Wow! Du siehst toll aus, wie eine Prinzessin aus Tausendundeiner Nacht!«

Marie lief auf ihren Vater zu und fiel ihm um den Hals. »Ich bin so schrecklich aufgeregt.« Normalerweise machte es ihr gar nichts aus, mit fremden Leuten zu quatschen, aber so viele Promis wie heute hatte sie noch nie auf einmal getroffen.

»Das wird ein wunderbarer Abend«, sagte ihr Vater. »Das sind alles gute Freunde von mir. Sie freuen sich riesig, dich endlich kennenzulernen.«

Marie hakte sich bei ihm unter. »Okay, von mir aus kann's losgehen!«

Helmut Grevenbroich führte seine Tochter ins Wohnzimmer. Marie spürte die neugierigen Blicke der Gäste. Jetzt bloß nicht mit den Sandaletten umknicken!, dachte sie. Nach den ersten Metern wurde sie sicherer und atmete auf. Geschafft!
»Darf ich vorstellen?«, sagte ihr Vater. »Das ist meine bezaubernde Tochter Marie, und das ist der neue *Tatort*-Kommissar.«
Der Kommissar schenkte Marie sein charmantes Lächeln, mit dem er gleich zehn Jahre jünger aussah. »Guten Abend, Marie. Tolles Kleid!«
Marie wurde rot und brachte außer »Danke!« kein Wort heraus.
Doch schon ein paar Minuten später, als sie bereits viele Promi-Hände geschüttelt hatte und alle ganz normal und total nett zu ihr gewesen waren, wurde sie wieder locker.
Ihr Vater brachte ihr ein Glas Orangensaft. Marie nippte daran, ging hinüber zum Bar-Pianisten und lehnte sich gegen den Flügel. Der Pianist spielte weiter und lächelte ihr dabei zu. Marie kam sich richtig cool vor. Unauffällig sah sie sich um. Das Wohnzimmer hatte sich inzwischen gefüllt. Marie lauschte dem angeregten Plaudern und Lachen, das so leicht dahinperlte wie der Prosecco in den Gläsern der Gäste. Alle waren gut gelaunt und entspannt. Doch da blieb Maries Blick an einem Paar hängen, das offensichtlich gar nicht entspannt war – im Gegenteil: Die beiden redeten wild gestikulierend aufeinander ein und schienen sich zu streiten. Besonders der Mann war sauer und wurde langsam laut. Sofort witterte Marie einen

neuen Fall für die drei !!! und prägte sich die beiden Personen gut ein. Der Mann war sehr groß, Mitte dreißig, hatte einen kleinen Bauchansatz und die langen, schwarzen Haare mit Gel nach hinten gekämmt. Die Frau war jünger, wahrscheinlich Ende zwanzig, zierlich, sehr schlank, hatte dunkelblonde Haare und strahlend blaue Augen mit langen Wimpern.

In dem Moment ging Herr Grevenbroich auf die beiden zu. Anscheinend wollte er dafür sorgen, dass sie nicht die lockere Partystimmung verdarben. Tatsächlich hörten sie auf zu streiten. Herr Grevenbroich klopfte dem Mann auf die Schulter und lotste ihn von der Frau weg hinüber zu Marie.

»Ich hab dir eine Überraschung mitgebracht«, sagte er zu seiner Tochter. »Das ist Michael Martens, der Geschäftsführer des Plattenlabels *Youth*. Michael ist auch in der Jury der Castingshow von *Afternoon*.« Ungläubig starrte sie Michael an. »Sie sind echt in der Jury?«

»Ich lass euch dann mal allein.« Marie merkte gar nicht, dass ihr Vater wegging.

Michael Martens nickte. »Ja, echt. Dein Vater hat mir erzählt, dass du auch beim Casting mitmachst?«

»Stimmt«, sagte Marie und sprudelte heraus: »Ich hab mich schon angemeldet. Wann bekomme ich denn Bescheid, ob ich vorsingen darf? Und wann geht's los? Muss ich irgendwas mitbringen? Wie viele Runden gibt es bis zur Entscheidung? Und können Sie mir sagen, wie das dann so abläuft?« Michael Martens lächelte. »Du willst aber viel auf einmal wissen. Zuerst mal: Du kannst Du zu mir sagen, ich heiße Michael. Sonst komme ich mir immer so alt vor! Also, du müsstest bis Montag Bescheid bekommen. Die erste Vorrunde startet schon am Mittwoch. Mitbringen musst du nur Spaß am Singen. Was wolltest du noch wissen? Ach ja, wie viele Castingrunden es gibt. Wir haben uns in der Jury geeinigt, drei Runden bis zur Endausscheidung zu machen. Und was den Ablauf angeht, das kannst du ganz relaxt auf dich zukommen lassen. Das sagen wir dir schon noch rechtzeitig, bevor es losgeht.«

Marie speicherte die Infos blitzschnell in ihrem Gehirn ab. Dann fiel ihr noch etwas ein. »Und wer ist noch alles in der Jury?«

Michael deutete mit einem Kopfnicken hinüber zu der Frau, mit der er sich vorher gestritten hatte. »Terry ist dabei, die kennst du sicher aus dem Radio, sie moderiert jeden Freitag die Charts. Und die Dritte in der Jury ist Sue von *Afternoon*.«

»Abgefahren!«, sagte Marie. Das war ja ein richtiges Staraufgebot.

Michael trat von einem Bein auf das andere. »Da drüben wartet ein Freund von mir. Ich muss ...«

»Warten Sie ... äh ... warte doch noch!«, hielt Marie ihn zurück. »Kannst du mir ein paar Tipps geben fürs Casting?«

»Tipps?« Michael war auf einmal gar nicht mehr so freundlich. »Was meinst du damit?«

»Na ja«, sagte Marie, »es gibt doch sicher irgendwelche Tricks, mit denen man die Jury beeindrucken kann.«

Da wurde Michael ernst. »Es gibt keine Tricks! Jede Bewerberin hat die gleichen Chancen.«

Marie zuckte zusammen. »Entschuldige! Das hast du falsch verstanden! Ich wollte mich nicht ...«

Aber da war Michael schon weg.

»Mist!«, murmelte Marie. Das hatte sie ja toll hingekriegt. Jetzt dachte er sicher, sie sei eine dieser blöden Tussis, die sich bei ihm einschleimen wollten. Dabei war das gar nicht ihre Absicht gewesen. Es war ihr einfach nur so herausgerutscht. Tricks hatte sie sowieso nicht nötig.

Damit war der Abend für Marie gelaufen. Sie machte zwar noch ein bisschen Small Talk mit dem *Tatort*-Kommissar und ein paar Kollegen ihres Vaters, doch der Spaß war ihr vergangen. Deshalb war sie sogar froh, als ihr Vater sie um zwölf ins Bett schickte. Bevor sie in ihr Zimmer ging, warf sie noch einen letzten Blick zu Michael Martens hinüber, aber der war völlig in ein Gespräch mit dem Bar-Pianisten vertieft, der gerade eine kleine Pause machte. Terry war nirgends zu sehen. Wahrscheinlich hatte sie auch keine Lust mehr auf Party nach dem Streit mit Michael. Warum sich die beiden gestritten hatten? Sie würde es wohl nie erfahren ... Seufzend zog sich Marie in ihr Zimmer zurück und wälzte sich noch lange im Bett herum, bevor sie einschlafen konnte.

Am nächsten Morgen wachte sie vom Klingelton ihres Handys auf. Kim hatte eine Nachricht geschickt:

Wie war's gestern? Hast du einen neuen Fall für die drei !!!? Kim

Marie beschloss, nichts von ihrem Ausrutscher gegenüber Michael Martens zu erzählen, das war ihr immer noch total peinlich.

Die Party war toll. Ich hab zwei Juryleute vom Casting getroffen. Die haben sich wegen irgendwas gestritten, aber ich glaub nicht, dass das ein neuer Fall wird.

Schade. Bei mir gibt's leider auch nichts Neues. Am Dienstag um fünf Clubtreffen bei Franzi?

Alles klar, simste Marie zurück und schaltete ihr Handy aus.
Am Dienstag in der Schule konnte sich Marie kaum konzentrieren. Unter der Bank tastete sie immer wieder nach dem Brief der Jury. Sie durfte vorsingen, in drei Tagen schon. Und das war kein Traum, es war Wirklichkeit! Am liebsten hätte sie bis dahin die Schule geschwänzt und sich Tag und Nacht auf das Casting vorbereitet, aber das hätte ihr Vater natürlich nie erlaubt. Seufzend sah sich Marie im Klassenzimmer um. Fast alle ihre Mitschülerinnen waren ebenfalls im Castingfieber, und die, die nicht mitmachen wollten, tuschelten mit den anderen, um auch ja alle Neuigkeiten zu erfahren. Frau Gernot, die Deutschlehrerin, gab es nach mehreren Versuchen, den Geräuschpegel zu senken, auf und unterrichtete einfach mit lauter Stimme weiter.
Sobald es zur Pause klingelte, stürmten alle ins Freie. Marie wollte gerade zu ihrer Clique, die ihren Stammplatz bei der

Bank vor der Sporthalle hatte, da prallte sie mit Ramona zusammen, einem Mädchen aus der Neunten. Ramona kannte jeder an der Schule. Sie war die Leadsängerin der Schülerband und konnte wahnsinnig gut singen. Sie sah auch wahnsinnig gut aus, hatte schwarze, raspelkurze Haare und wunderschöne, mandelförmig geschnittene Augen.

Ramona schwenkte ein Blatt Papier in der Hand, das prompt auf den Boden flatterte.

»Mist!«, rief sie.

Schnell bückte sich Marie danach. »Tut mir leid, ich hab dich nicht kommen sehen.«

Ramona musterte Marie. »Halb so wild.«

Marie warf einen Blick auf das Papier und erkannte sofort das Logo von *Afternoon*. »Du hast dich auch beworben?«

»Klar«, sagte Ramona, »und ich darf vorsingen bei der ersten Runde, am Freitag.«

Marie lachte. »Ich auch!«

»Gratuliere!«, sagte Ramona. »Hast du auch so Schiss vor der Jury? Hoffentlich sind die nicht so hart drauf wie Dieter Bohlen!«

»Glaub ich kaum«, antwortete Marie. »Michael Martens scheint jedenfalls ganz in Ordnung zu sein.«

»Du kennst Michael Martens?«, fragte Ramona.

Marie warf ihre Haare zurück. »Ja, ich hab ihn gestern auf der Party meines Vaters getroffen.«

»Cool!«, rief Ramona. »Das musst du mir unbedingt genauer erzählen. Komm!« Sie hakte sich bei Marie unter.

Aus den Augenwinkeln registrierte Marie, dass die Mädchen aus ihrer Clique ihr neidisch hinterherguckten. Ramona redete nicht mit jedem, sie hatte viel mehr Fans als Marie und außerdem war sie schon fünfzehn. Marie genoss es, dass Ramona sich für sie interessierte, und erzählte ihr alles, was sie wissen wollte.

Die Pause verging wie im Flug, und als der Gong ertönte, sagte Ramona: »Hast du Lust, heute Nachmittag zu mir zu kommen? Da können wir weiterquatschen.«

»Heute Nachmittag?« Marie fiel das Clubtreffen ein. Ach was! Die anderen würden auch mal ohne sie zurechtkommen, die drei !!! hatten ja im Moment sowieso keinen Fall.

»Okay«, sagte Marie. »Wo wohnst du? Und wann soll ich da sein?«

Marie war zu früh dran und drehte noch eine Runde um den Block, bevor sie bei Ramona klingelte. Die Sängerin wohnte bei ihr um die Ecke in einem frei stehenden Neubauhaus.

Eine sorgfältig gestylte und geschminkte Frau um die vierzig machte auf. »Hallo, du musst Marie sein. Ich bin Frau Freiberg, Ramonas Mutter.«

»Hallo, Frau Freiberg!«, sagte Marie.

Da kam auch schon Ramona die Treppe herunter. »Hi, Marie!« Sie begrüßte sie mit Küsschen auf die Wangen, als ob sie sich schon ewig kennen würden.

»Komm rein«, sagte Frau Freiberg. »Wie wär's mit Apfelkuchen?«

Marie nickte. »Gern.«

Ramonas Mutter hatte in der Wohnküche für drei Personen gedeckt. Marie war enttäuscht. Hoffentlich würde die Mutter nicht die ganze Zeit dabei sein. Sie wollte doch ungestört mit Ramona quatschen.

Doch Frau Freiberg machte keinerlei Anstalten, ihre Tochter mit der neuen Freundin allein zu lassen.

»Ich *liebe* deinen Vater!«, fing sie an zu schwärmen. »Natürlich nicht ihn selbst, sondern in seiner Rolle als Hauptkommissar Brockmeier. Er ist einfach genial!«

»Danke«, sagte Marie.

Frau Freiberg lud ihr lächelnd ein Stück Kuchen auf den Teller. »Du hast bestimmt viel von ihm geerbt. Ramona hat erzählt, du nimmst schon länger Gesangsstunden und bist in der Theater-AG?«

»Ja, das stimmt«, sagte Marie und fand Ramonas Mutter auf einmal ganz nett.

Frau Freiberg plauderte weiter: »Du singst auch beim Casting vor? Da wünsche ich dir ganz, ganz viel Glück. Die Konkurrenz ist enorm, aber du hast sicher große Chancen. Und meine Ramona auch.«

»Mama!«, rief Ramona, der es sichtlich peinlich war, von ihrer Mutter gelobt zu werden.

»Das stimmt doch«, beharrte Frau Freiberg. »Du bist gut, Schatz. Seit du sechs bist, hast du ununterbrochen hart an dir gearbeitet, hast Gesangs- und Tanzstunden genommen und mit deiner Band auch schon viel Bühnenerfahrung gesammelt.

Von den vier Wochen, die wir dieses Jahr in den Sommerferien zusammen auf dem Solosänger-Coaching in London waren, will ich gar nicht reden.«

Marie blieb der Bissen, den sie gerade genommen hatte, im Hals stecken. So viel hatte Ramona schon gemacht? Da konnte sie wirklich nicht mithalten.

»Hör endlich auf, Mama!«, sagte Ramona. »Marie singt sicher genauso gut wie ich. Du, stell dir vor, sie kennt übrigens Michael Martens!«

»Wirklich?« Frau Freiberg strahlte Marie an. »Woher kennst du ihn und wo hast du ihn getroffen?«

Marie erzählte noch mal ausführlich von der Party am Samstag. Jetzt, beim zweiten Mal, schmückte sie die Geschichte noch mehr aus und erwähnte natürlich mit keiner einzigen Silbe, wie sie sich danebenbenommen hatte und wie Michael sie hatte abblitzen lassen.

»Er hat sich total viel Zeit für mich genommen«, sagte sie am Schluss, »und alle meine Fragen geduldig beantwortet.«

Frau Freiberg nickte ihrer Tochter zu. »Hab ich's dir nicht gleich gesagt, Ramona? Dieser Mann ist ein Profi. Nur echte Profis sind so nett und unkompliziert. Wenn du genauso nett und locker zu ihm bist, kann eigentlich gar nichts schiefgehen.«

»Mama ...«, sagte Ramona.

Ihre Mutter wandte sich wieder Marie zu. »Und, hat er dir auch noch ein paar Tipps gegeben, wie du am besten deine Performance machst?«

Marie biss sich auf die Lippen, um nicht rot zu werden.

»Nein, das hat er nicht. Er hat gemeint, jede Bewerberin hat die gleichen Chancen.«
»Ach ja?« Um die Lippen von Frau Freiberg spielte ein kleines Lächeln. »Ich denke, das gilt nicht für alle. Ramona – und du natürlich! – ihr habt bessere Chancen.«
»Meinen Sie?«, fragte Marie geschmeichelt. Da fiel ihr plötzlich siedend heiß ein, dass sie vergessen hatte, Kim und Franziska abzusagen. Die beiden waren sicher stinksauer auf sie.
»Ich muss los«, sagte sie und stand auf.
»Bleib doch noch!«, sagte Ramona. »Wir können auch rauf in mein Zimmer gehen.«
Marie zögerte. »Heute geht es leider nicht. Aber ich ruf dich an, okay?«
»Okay«, sagte Ramona. »Und wenn du's nicht tust, ruf ich an. Ich bin hartnäckig, wenn es um neue Freunde geht!« Marie wurde warm ums Herz. Ramona wollte ihre Freundin sein! Wenn ihr das jemand vor einer Woche erzählt hätte, hätte sie es nie und nimmer für möglich gehalten.

Lampenfieber

»Hier sind wir!«, rief Franziska. Hektisch winkend stand sie am Eingang des Hotels, in dem gleich die erste Runde des Castings stattfinden sollte.

Marie löste sich von Ramona, die sich gerade vor lauter Aufregung an ihren Arm geklammert hatte. »Ich seh euch!« Kim spürte einen kleinen Stich in der Brust. Seit Marie Ramona kennengelernt hatte, schwärmte sie ständig von der neuen Freundin und erzählte nur noch von den gemeinsamen Treffen und Proben mit ihr. Kim fand es ja gut, dass Marie jemanden hatte, mit dem zusammen sie sich auf das Casting vorbereiten konnte, aber deswegen musste sie doch nicht gleich die drei !!! so vernachlässigen.

»Ich sterbe!«, rief Marie und fiel Kim um den Hals. Anscheinend hatte sie ihre alten Freundinnen doch noch nicht ganz vergessen.

»Das tust du nicht«, widersprach Kim. »Du gehst jetzt da ganz cool rein und singst die anderen Mädchen an die Wand.«

»Und wir feuern dich an«, sagte Franziska.

»Und wer feuert mich an?«, fragte Ramona.

Marie stupste sie an. »Ich natürlich – und deine Mutter.«

»Ja«, stöhnte Ramona. »Aber die ist noch viel aufgeregter als ich. Sie macht mich noch wahnsinnig!«

In dem Moment schoss Frau Freiberg aus dem Hotel und sah sich suchend um. »Wo bleibst du denn, Ramona? Ich hab dich gerade angemeldet.«

»Ich komm ja schon«, sagte Ramona und verschwand mit ihrer Mutter im Hotel.

Franziska und Kim hakten sich rechts und links bei Marie unter.

»Auf in den Kampf!«, rief Franziska.

Obwohl sie eigentlich mit diesen komischen Musik-Castings nichts anfangen konnte, hatte sie plötzlich der Sportsgeist gepackt. Sie wollte unbedingt, dass Marie gewann, und nicht ihre Schwester, die auch beim Casting mitmachte. Seit Chrissie sich dazu entschlossen hatte, war sie nämlich wieder unerträglich zickig.

Maries Knie fingen zu zittern an. Jetzt war es wirklich so weit. Wenn ihr Vater bloß da gewesen wäre, der kannte sich mit Lampenfieber aus! Aber der konnte seinen Dreh in der Fußgängerzone natürlich nicht einfach sausen lassen.

In der Lobby des Hotels war ein Höllenlärm. Eine Gruppe kreischender Mädchen lief wie lauter aufgescheuchte Hühner hin und her.

Kim reckte sich und versuchte, sich einen Überblick zu verschaffen. »Da vorn ist die Anmeldung.«

Franziska setzte ihre Ellenbogen ein, um sich durch die Menschenmasse zu kämpfen. Marie folgte ihr zögernd. Zehn Minuten später kamen sie endlich dran.
»Wie heißt du?«, fragte die junge Frau hinter dem Tresen.
»... Marie Grevenbroich«, antwortete Marie und merkte, dass ihre Zunge am Gaumen klebte. Die Frau hakte den Namen auf der Liste ab und gab Marie einen Zettel. »Da steht deine Startnummer drauf. Den Zettel musst du gut aufheben und vorzeigen, wenn dich jemand danach fragt. Du kommst ungefähr in einer halben Stunde dran. Inzwischen kannst du dich warmsingen in Probenraum drei. Der ist da drüben links.«
Marie nickte. Zusammen mit Franziska und Kim ging sie hinüber. An der Tür empfing sie eine Art Bodyguard. Marie zeigte ihre Nummer vor und er winkte sie durch. Doch als Franziska und Kim ihr folgen wollten, blockierte er die Tür.
»Hier dürfen nur die Künstler rein! Ihr könnt schon mal vor ins Studio gehen, da werdet ihr eure Freundin später hören.«
Marie seufzte. »Ich seh euch dann später im Studio.«
»Viel Glück!«, sagte Kim.
»Du schaffst das!«, sagte Franziska und hielt den rechten Daumen hoch.
Marie nickte tapfer, aber in Wirklichkeit wäre sie am liebsten davongelaufen. Wie war sie bloß auf die Schnapsidee gekommen, bei diesem Casting mitzumachen? Aber jetzt gab es kein Zurück mehr. Zögernd betrat sie den Probenraum. Das Zimmer war rappelvoll. Überall hatten sich die Mädchen ausgebreitet. Ein paar schminkten sich, ein paar sangen Tonleitern

rauf und runter und der Rest hing mit flatternden Nerven am Handy. Marie guckte sich suchend um, aber sie konnte Ramona nicht entdecken. Wahrscheinlich war sie in einem anderen Probenraum gelandet. Maries Knie zitterten jetzt so stark, dass sie kaum noch stehen konnte.

Da ging die Tür auf und der Bodyguard rief: »Nummer zwanzig bis fünfundzwanzig: *It's showtime!*«

Sofort sprangen sechs Mädchen auf und rannten zur Tür. Marie blieb kurz das Herz stehen. Mit letzter Kraft ließ sie sich auf einen frei gewordenen Stuhl fallen. Mit zitternden Fingern holte sie ihre Puderdose aus der Tasche und überprüfte das Make-up im Klappspiegel. Nichts war verwischt, alles schien perfekt zu sein. Wenigstens etwas!

»Leihst du mir mal deinen Puder?«, fragte ein Mädchen. »Meine Nase glänzt schon wieder so.«

»Ja, klar«, sagte Marie und drehte sich um. Das Mädchen war Chrissie. Sie hatte nicht nur eine glänzende Nase, sondern auch hektische rote Flecken auf den Wangen.

»Kleiner Tipp«, sagte Marie. »Die Wangen würde ich auch gleich mitpudern.«

»Was?«, rief Chrissie und guckte entsetzt in den großen Spiegel an der Wand. »Oh Gott!« Dann hüllte sie sich in eine Puderwolke ein, und Marie bereute sofort, dass sie Franziskas Schwester den Puder geliehen hatte.

»Danke«, sagte Chrissie endlich, knallte Marie die Puderdose hin und schwirrte ab.

Marie guckte auf ihre Armbanduhr. Noch fünfundzwanzig Minuten! Wie sollte sie das bloß durchstehen? Der Stresspegel im Probenraum potenzierte sich von Minute zu Minute. Als Marie schließlich kurz vor dem Nervenzusammenbruch war, nannte der Bodyguard endlich ihre Nummer. Wie in Trance stolperte sie den anderen drei Mädchen hinterher, die mit ihr aufgerufen worden waren. Der Bodyguard führte sie zu einem riesigen Konferenzraum, der in ein Studio verwandelt worden war. Überall standen Kameras herum und von der Decke strahlten grelle Scheinwerfer unbarmherzig auf sie herab. Die Zuschauer verschwanden hinter einem grauen Nebel. Marie kniff die Augen zusammen.

»Ihr seid gleich dran«, sagte eine Stimme, die ihr bekannt vorkam. »Vor euch singen noch vier andere Mädchen. Wartet bitte so lange im Hintergrund.«

Als sich ihre Augen an das grelle Licht gewöhnt hatten, erkannte Marie die Stimme: Sie gehörte Michael Martens. Er saß an einem langen Tisch, eingerahmt von Terry und Sue. Vier Mädchen gingen jetzt auf den Tisch zu. Die Erste war Ramona! Marie versuchte, ihr ein Zeichen zu geben, aber Ramona sah nicht her. Marie drückte ihrer Freundin so fest die Daumen, dass ihre Knöchel wehtaten.

»Stellt euch bitte erst mal vor und erzählt kurz, wie lange ihr schon singt und warum ihr das gern tut«, sagte Terry. »Aber bitte erzählt uns keine ellenlangen Storys, die anderen wollen auch noch drankommen.«

Auf diese Frage hatte sich Marie mit Ramona gut vorbereitet. Mindestens zehnmal hatten sie sich gegenseitig ihre Argumente vorgesagt und daran gefeilt.

Ramona erzählte leicht stockend, dass sie schon mit sechs Jahren angefangen habe, Gesangs- und Tanzstunden zu nehmen, und seit einem Jahr Leadsängerin in der Schülerband sei. Die Jury nickte beeindruckt. Dann fing Ramona an zu singen. Sie hatte sich *Perfekte Welle* von Juli ausgesucht und zu Hause auch immer perfekt gesungen. Marie war fast schon ein bisschen neidisch gewesen. Doch jetzt traute sie kaum ihren Ohren. Ramona verhaspelte sich bei der ersten Strophe und traf die Töne nicht gut. In den Refrain kam sie auch nicht richtig rein. Was war bloß mit ihr los?
Marie sah hinüber zu den Zuschauern. Da entdeckte sie Frau Freiberg in der ersten Reihe. Sie saß völlig aufgelöst auf ihrem Platz und hielt ein Transparent mit der Aufschrift *Du schaffst es, Ramona! Küsschen von Mama* hoch. Na toll! Das hatte Ramona bestimmt gerade noch gefehlt. Ob sie deshalb so durch den Wind war?
Als Ramona zu Ende gesungen hatte und verzweifelt auf den Boden starrte, fing Marie sofort an zu klatschen. Das Publikum klatschte mit, aber der Beifall war nicht besonders laut. Marie drückte ihre Daumen noch fester.
»Danke, Ramona«, sagte Terry. »Das war eine gute Performance. In dir steckt sehr viel Power. Gratuliere, du bist eine Runde weiter!«
Ramona konnte es erst nicht glauben. »Ich bin weiter?«
»Ja«, sagte Terry. »Freu dich und hör noch den anderen zu.«
Da fing Ramona an zu strahlen. Marie winkte ihr zu und Ramona winkte zurück.

Nach Ramona kamen zwei Schwestern dran, die hautenge Hotpants und bauchfreie rosa Glitzershirts trugen. Beinahe hätte Marie sie nicht erkannt, denn ihre Gesichter waren durch mehrere Zentimeter Schminke gut getarnt. Jette und Julia Ternieden gingen in Maries Parallelklasse, und Marie war heilfroh, dass sie ihr hohles Geschwätz nur ab und zu in den Pausen ertragen musste. Als sie mit einem Duett losschmetterten, hielt sich Marie kurz die Ohren zu, so schräg sangen die beiden. Dabei wackelten sie auch noch die ganze Zeit mit ihren Hintern falsch zum Takt dazu.

»Danke, Jette und Julia«, sagte Sue. Dann steckte die Jury die Köpfe zusammen und diskutierte heftig.

Michael Martens grinste. »Ihr seht toll aus, aber gesangstechnisch müsst ihr noch ein bisschen aufholen.«

»Trotzdem geben wir euch eine Chance«, sagte Terry. »Nutzt sie und arbeitet an euch. Ihr seid eine Runde weiter. Glückwunsch!«

Marie tauschte einen verständnislosen Blick mit Ramona. Hatte die Jury Tomaten auf den Ohren? Die konnten doch nicht jemanden durchwinken, der so grottenschlecht war! Andererseits – wenn das Niveau hier so niedrig war, brauchte sie sich echt keine Sorgen mehr zu machen!

Als Marie schließlich drankam, war ihr Lampenfieber wie weggeblasen. Eine tiefe Ruhe breitete sich in ihrem Körper aus. Sie atmete tief durch und begann zu erzählen: »Ich heiße Marie und bin vierzehn Jahre alt. Ich hab eigentlich schon immer gesungen, schon als Kind im Sandkasten.« Die Jury lächelte und Marie redete weiter: »Seit drei Jahren nehme ich Gesangsstunden. Daneben hab ich Schauspielunterricht, um meine Bühnenpräsenz zu verbessern. Ich will später unbedingt Sängerin werden. Singen ist mein Leben!«

»Danke, Marie«, sagte Sue.

Nachdem sich die anderen drei Mädchen auch vorgestellt hatten, fragte Michael: »Marie, welches Lied hast du uns mitgebracht?«

»*Hungriges Herz* von Mia«, antwortete Marie.

»Schön«, sagte Michael Martens. »Das ist mal was anderes als dauernd *My heart will go on.*«

Terry und Sue lachten. Danach wurde es still im Raum. Marie schloss die Augen und stellte sich den ersten Ton und das Tempo vor, in dem sie anfangen wollte. Dann sang sie los: »Dein zuckersüßer roter Mund lutscht alle Worte kugelrund …« Von der ersten Note an hatte sie ein gutes Gefühl.

Die erste Strophe lief glatt und sie wurde immer sicherer. Spätestens beim Refrain hatte sie die Jury, die Kameras und das Publikum völlig vergessen. Sie dachte an Stefan und dass er sie wahrscheinlich nie lieben würde, und legte all ihre Sehnsucht in die Zeile: »Mein hungriges Herz beschwert ein bittersüßer Schmerz.« Ohne ein einziges Mal hängen zu bleiben, sang sie das Lied bis zum Ende durch.

Als der letzte Ton verklungen war, war es wieder still im Raum. Doch dann klatschte das Publikum begeistert los. Und Marie hörte Franziska und Kim sofort heraus.

»Ma-rie, Ma-rie, Ma-rie!«, brüllten sie im Sprechchor.

Marie verbeugte sich und guckte ängstlich in die Gesichter der Jury.
Die steckten wieder kurz die Köpfe zusammen. Dann räusperte sich Terry. »Du hast eine schöne Stimme, Marie, und dein Ausdruck ist auch gut. Trotzdem können wir dich leider nicht nehmen.«
Marie kam es vor, als würde der Boden unter ihren Beinen wegsacken. »Warum nicht?«, fragte sie.
Terry zögerte. »Du bist ... du hast sehr großes Lampenfieber gehabt, nicht wahr?«
Marie nickte. »Ja, schon, aber nur vorher ...«
»Siehst du«, sagte Terry. »Das hab ich gleich gemerkt. Deine Hände haben gezittert.«
»Wirklich?«, fragte Marie.
»Wir haben keine Zeit mehr«, sagte Terry ungeduldig. »Du kannst gehen, Marie. Die Nächste, bitte!«
Marie konnte es nicht fassen. Erst als Michael Martens ihr ein Zeichen gab, das Studio zu verlassen, stolperte sie los.
Wo war bloß der Ausgang? Ihre Augen brannten. Sie konnte gerade noch die Tür hinter sich zumachen, da kamen auch schon die Tränen. Schluchzend lehnte sie sich an eine Wand und rutschte langsam nach unten. Das war nicht wahr, das konnte nicht wahr sein!
Plötzlich spürte sie eine warme Hand auf ihrer Schulter.
»Marie, das war total gemein!«, sagte Kim und hielt ihr ein Papiertaschentuch hin.
»Die haben dich echt nicht verdient«, sagte Franziska. »Du

warst richtig gut. Und deine Hände haben überhaupt nicht gezittert. Ich hab genau hingesehen.«

Marie schniefte in Kims Taschentuch. »Ich kann mich leider nicht mehr erinnern, ich weiß nur, dass beim Singen mein Lampenfieber weg war. Ich war total entspannt.«

»Das hat man auch gemerkt«, sagte Kim. »Ich hab dich übrigens auch genau beobachtet. Deine Hände haben wirklich nicht gezittert. Diese Terry muss was an den Augen haben.«

»Das nützt mir alles nichts«, sagte Marie, »ich bin draußen.«

Franziska ballte die Fäuste. »Das werden wir noch sehen. Wenn du willst, knöpf ich mir diese Terry mal vor.«

»Nein, bitte nicht!«, rief Marie. »Das wär doch total peinlich.«

Kim setzte sich neben Marie auf den Boden, aber Franziska blieb stehen. »Du willst dir doch diese Ungerechtigkeit nicht einfach gefallen lassen?«, empörte sie sich. »Diese unterbelichteten Schwestern haben sie genommen und dich nicht? Da ist doch was faul!«

Marie zuckte mit den Schultern. »Ich weiß nicht. Vielleicht bin ich ja doch einfach nicht gut genug ...«

»So ein Quatsch«, sagte Kim. »Wir waren schon vor dir im Studio und haben viele Mädchen singen hören. Keine war so gut wie du!«

»Ja, genau«, sagte Franziska. »Nicht mal deine Freundin Ramona, die hatte heute eindeutig einen schlechten Tag. Warum sie trotzdem genommen wurde und du nicht, will einfach nicht in meinen Schädel.«

»Sie haben eben erkannt, dass sie mehr draufhat«, sagte Marie und schnäuzte sich wieder. Warum quälten Franziska und Kim sie? Sie machten die Sache nur noch schlimmer.

In dem Moment stürmte Chrissie völlig aufgelöst aus dem Studio.

Franziska passte ihre Schwester ab. »Und, wie war's?«

»Frag nicht so blöd!«, zischte Chrissie und machte sich fluchtartig aus dem Staub.

Franziska seufzte. »Auch durchgefallen! Bei ihr wundert mich das, ehrlich gesagt, überhaupt nicht. Chrissie hat sich noch nie fürs Singen interessiert, erst seit dem Casting-Aufruf hat sie sich plötzlich in den Kopf gesetzt, ein Star zu werden.«

Da kamen Ramona und Frau Freiberg aus dem Studio. Ramona strahlte immer noch über das ganze Gesicht und ihre Mutter tat so, als sei sie selber der eigentliche Star des Tages.

»Hey, Marie!«, rief Ramona und lief zu der Freundin. »Es tut mir so leid, dass sie dich nicht genommen haben! Wie geht es dir?«

Franziska baute sich vor Marie auf und blaffte Ramona an: »Schlecht geht es ihr, das siehst du doch.«

Marie schob Franziska weg. »Lass das! Ich kann selber reden.« Entschlossen schluckte sie die letzten Tränen hinunter. Sie wollte sich vor Ramona keine Blöße geben. »Ich bin okay. Herzlichen Glückwunsch! Ich freu mich für dich, du bist drin.«

»Danke!«, sagte Ramona.

Ihre Mutter legte stolz den Arm um sie. »Als du uns damals

erzählt hast, wie nett Michael Martens ist, wusste ich gleich, dass es klappt!« Dann lächelte sie Marie aufmunternd zu. »Das nächste Mal hast du sicher mehr Glück.«

Marie nickte, obwohl sie sicher war, dass es kein nächstes Mal geben würde.

Nach einer peinlichen Schweigeminute sagte Frau Freiberg: »Also dann, man sieht sich.«

»Bis bald!« Ramona lief am Arm ihrer Mutter davon.

Marie sah den beiden nach und spürte, wie ihr schon wieder Tränen in die Augen stiegen.

Franziska schüttelte langsam den Kopf. »Wisst ihr was? Das Ganze hier stinkt zum Himmel. Das Casting wird doch manipuliert. Und was hat Ramonas Mutter da gerade von Michael Martens gefaselt?«

Marie erzählte ihr, dass Frau Freiberg sich brennend für den Geschäftsführer interessiert und ihr Löcher in den Bauch gefragt hatte.

»Sehr verdächtig«, sagte Franziska. »Und gerade hat sie gemeint, sie *wusste,* dass es klappt. Warum war sie sich vorher schon so sicher? Hört mal: Könnte es nicht sein, dass sie Michael Martens bestochen hat? Dass sie ihm Geld gegeben hat, damit Ramona in die nächste Runde kommt?«

»Spinnst du?«, rief Marie.

Kim sah Franziska verblüfft an und kombinierte noch mal deren Argumente. »Ich finde, Franzi hat recht. Ramonas Mutter hat sich ziemlich verdächtig gemacht. Wir sollten der Sache auf jeden Fall nachgehen.«

Marie schüttelte den Kopf. »Da mach ich nicht mit. Ramona ist meine Freundin! Und ihre Mutter mag zwar ehrgeizig sein, aber ansonsten ist sie echt in Ordnung.«

»So gut kennst du sie doch gar nicht«, warf Franziska ein.

»Stimmt«, sagte Kim. »Ich spür's in meinem kleinen Zeh: Wir haben einen neuen Fall! Lasst uns gleich am Montag Ramonas Mutter beschatten.«

Marie verschränkte die Arme vor der Brust. »Ohne mich!«

Eine heiße Spur

»Da ist sie!«, flüsterte Kim.

Franziska schnappte sich Kims Fernglas. »Na endlich!« Zwei Stunden kauerten sie jetzt schon auf ihrem Beobachtungsposten vor dem Haus von Frau Freiberg. Aber das Warten im Novembernieselregen auf feuchtem Boden hinter der hohen Buchshecke hatte sich gelohnt.

Ramonas Mutter warf schwungvoll die Haustür hinter sich zu und lief über den kleinen Fußweg zur Straße.

»Wir haben Glück«, zischte Kim. »Sie geht zu Fuß.«

»Ein Wunder, so wie sie sich aufgebrezelt hat«, zischte Franziska zurück.

Frau Freiberg trug trotz nasskalten Herbstwetters ein elegantes lilafarbenes Kostüm mit kurzem Rock und Pumps.

Kim zückte ihr Detektivtagebuch und kritzelte schnell hinein: *15:34 Uhr. Frau F. verlässt das Haus in Richtung Innenstadt. Genaueres Ziel: noch unklar.*

Dann standen Franziska und Kim auf und rieben sich die schmerzenden Knie. Ihre Fahrräder, die sie in einem Busch

versteckt hatten, ließen sie einfach liegen. Die würde keiner so schnell finden.
»Es geht los!«, flüsterte Franziska.
Die beiden verfolgten Frau Freiberg so unauffällig wie möglich. Zum Glück kannten sie sich in dem noblen Viertel gut aus, weil Marie gleich um die Ecke wohnte. Und zum Glück gab es jede Menge alter Bäume, hinter denen sie sich verstecken konnten. Als sie an Maries Haus vorbeikamen, seufzte Kim leise. Was ihre Freundin jetzt wohl machte? Gemeinsam mit Franziska hatte sie gestern alles versucht, um Marie zu überreden, bei der Verfolgung mitzumachen – vergeblich. Marie war nach wie vor davon überzeugt, dass Ramonas Mutter unschuldig war. Und außerdem war sie wegen des Castings so fertig, dass sie nichts von einem neuen Fall wissen wollte.
Da zerrte Franziska an Kims Anorakärmel und riss sie aus ihren Gedanken. »Stopp!«
Kim zuckte zusammen. Beinahe wäre sie Frau Freiberg direkt in die Arme gelaufen. Ramonas Mutter war plötzlich an einer Straßenecke stehen geblieben.
Franziska und Kim verschanzten sich hinter einem Kiosk und studierten scheinbar interessiert die Tageszeitungen.
»Was macht sie?«, flüsterte Kim.
Franziska lugte um die Ecke. »Sie geht zum Geldautomaten.«
»Wetten, sie hebt Bestechungsgeld ab?«, raunte Kim.
»Gut möglich«, sagte Franziska. »Mist, sie hat das Geld zu schnell in die Handtasche geschoben. Ich konnte nicht sehen, wie viel es war. Achtung, sie geht weiter!«

Frau Freiberg ließ die Fußgängerzone links liegen und steuerte auf den Schillerpark zu. Ein Schwarm Tauben flog auf und Ramonas Mutter folgte ihnen.
»Hoffentlich will sie nicht bloß Tauben füttern«, sagte Kim.
»Glaub ich nicht«, sagte Franziska. »Sie wird sich ihr schönes Kostüm doch nicht mit Taubenkacke ruinieren.«
Franziska sollte recht behalten. Frau Freiberg ignorierte die Tauben und durchquerte zielstrebig auf dem asphaltierten Hauptweg den Schillerpark. Am Osttor verließ sie den Park wieder und bog in eine belebte Geschäftsstraße ein. Hier reihte sich ein Bürogebäude ans andere. Ramonas Mutter ging gleich auf das erste zu. Franziska und Kim warteten hinter einer Litfaßsäule, bis sie das Gebäude betreten hatte. Dann flitzten sie hinterher. Durch die Drehtür konnten sie gerade noch erkennen, wie sich die Aufzugtür hinter Frau Freiberg schloss.
»Oh nein!«, rief Franziska und zeigte auf die Firmenschilder am Eingang. »Hier gibt es ja tausend verschiedene Firmen. Wie sollen wir jetzt bloß herausfinden, wo Ramonas Mutter hinwill?«
Kim ging die Schilder im Eiltempo systematisch von oben nach unten durch. Plötzlich blieb sie bei einem Schild hängen. »Da haben wir's! *Youth – junge Musik.* Das ist doch die Plattenfirma, in der Michael Martens Geschäftsführer ist.«
»Volltreffer!«, rief Franziska.
Schnell quetschten sie sich durch die Drehtür und liefen zum Aufzug. Direkt neben dem Knopf für den siebten Stock war das Firmenschild von *Youth* angebracht. Aufgeregt drückte

Kim auf den Knopf. Fast geräuschlos schwebten sie nach oben. Als die Aufzugtür aufging, merkte Kim, wie ihre Hände feucht wurden. Wenn Frau Freiberg jetzt um die Ecke bog, waren sie verloren!

Doch der Flur war leer. Franziska und Kim gingen ein paar Meter auf dem dicken, dunkelblauen Teppich, der ihre Schritte verschluckte. Hinter einer Tür hörten sie laute Musik, hinter einer anderen einen Staubsauger. Die nächste Tür auf der rechten Seite stand offen. Vorsichtig lugten sie hinein.

»Die Teeküche«, flüsterte Kim.

Franziska war schon eine Tür weiter. »Und hier ist das Sekretariat von Michael Martens. Schnell weg, ich höre Schritte!«

Sofort zogen sich Kim und Franziska in die Teeküche zurück. Keine Sekunde zu früh, denn da ging auch schon die Tür des Sekretariats auf und sie hörten eine flötende Stimme, die sie nur allzu gut kannten.

»Vielen Dank!«, sagte Frau Freiberg. »Das ging ja schneller, als ich dachte.«

Eine dunkle, raue Frauenstimme antwortete: »Ja, ja, schon gut! Auf Wiedersehen!«

»Auf Wiedersehen«, sagte Frau Freiberg. Dann lief sie an der Teeküche vorbei.

Sie war so nah, dass Kim sogar ihr Parfüm riechen konnte: eine Mischung aus Orange und Vanille. Kim lauschte mit klopfendem Herzen, wie sich die Schritte von Ramonas Mutter langsam entfernten. Die Aufzugtür zischte, und dann hörte sie, wie der Aufzug nach unten fuhr. Gleichzeitig murmelte die

Sekretärin: »Bloß keinen Stress, bloß keinen Stress!«, und machte ihre Tür wieder zu.
»Puh!«, rief Kim. »Das war knapp.«
Franziska nickte. »Kannst du laut sagen. Und jetzt? Hinterher?«
Kim schüttelte den Kopf. »Nein, lass uns lieber hier noch ein bisschen warten. Bestimmt muss die Sekretärin irgendwann aufs Klo. Ich würde zu gern einen Blick in ihr Büro werfen. Vielleicht gibt es ja irgendwo Hinweise auf Frau Freiberg.«
»Gute Idee!«, sagte Franziska.
Kim holte ihr Detektivtagebuch heraus und notierte: *16:01 Uhr. Frau F. verlässt das Sekretariat von Youth.*
Franziska ließ sich auf einen Klappstuhl fallen und Kim lehnte sich gegen den Kühlschrank. Auf dem kleinen Tisch in der Teeküche lag eine aufgerissene Packung Kekse. Sofort lief Kim das Wasser im Mund zusammen. Diese Nervennahrung hätte sie jetzt gut brauchen können, aber sie konnte doch nicht einfach Kekse stehlen. Ausgerechnet heute hatte sie vergessen, einen Schokoriegel mitzunehmen.
Da ging draußen eine Tür auf. Schnell lugte Kim um die Ecke. »Die Sekretärin geht zur Toilette!«
Franziska war sofort bei Kim. Gemeinsam schlichen sie aus der Teeküche und schlüpften ins Sekretariat hinein. Kims Magen verkrampfte sich. Wie war sie bloß auf die verrückte Idee gekommen, hier einfach einzudringen? Doch dann spürte sie wieder das prickelnde Jagdfieber und riss sich zusammen. Auf dem Schreibtisch lagen überall Stapel von CDs und Papieren.

Nur eine Stelle war frei, direkt neben dem Computer. Dort prangte ein großer Terminkalender.
Franziska und Kim beugten sich aufgeregt darüber.
»Hier!«, rief Franziska und zeigte auf den Mittwoch. »14:00: Frau Freiberg. Der nächste Termin ist um 14:30 Uhr. Also hat sie eine halbe Stunde bei Michael Martens.«
Kim kritzelte Datum und Zeit in ihr Detektivtagebuch. »Also doch! Das kann einfach kein Zufall sein.«
Franziska sah sich im Raum um. »Schau mal, die ganzen goldenen Scheiben an den Wänden! Michael Martens scheint einen echt guten Riecher für Talente zu haben. Warum hat er sich bloß nicht für Marie eingesetzt?«
Kim wurde langsam nervös. »Komm, lass uns abhauen! Sonst erwischt uns die Sekretärin noch.«
»Okay«, sagte Franziska. »Ich check nur noch, wie die Sekretärin heißt.« Leise öffnete sie die Tür und sah auf das Namensschild neben der Tür. »Sie heißt Thomas«, flüsterte sie.
»Okay, dann nichts wie los. Die Luft ist rein.«
Franziska und Kim verließen das Büro und rannten zum Aufzug. Gerade als sie dort ankamen, ging die Tür auf und Michael Martens stand ihnen direkt gegenüber.
Kim schnappte nach Luft. Ihr wurde ganz heiß und sie spürte, wie ihr die Röte ins Gesicht schoss. Jetzt war alles aus! Doch im nächsten Moment fiel ihr ein, dass Michael Martens sie ja gar nicht kannte.
Plötzlich klingelte das Handy des Geschäftsführers. Er griff in seine Tasche, warf den Mädchen einen flüchtigen Blick zu und

ging an ihnen vorbei. »Ja, Sue, was gibt es denn schon wieder?«, nuschelte er in sein Handy.

Franziska zog Kim in den Aufzug. Als die Tür zuging, prustete sie los und konnte gar nicht mehr aufhören zu lachen.

»Was hast du?«, fragte Kim, der der Schock immer noch in den Knochen steckte.

»Wenn der wüsste«, kicherte Franziska, »dass wir ihm ganz dicht auf den Fersen sind. Der hält uns bestimmt für harmlose Fans irgendeiner Boygroup.«

»Tja«, sagte Kim und musste auch kichern. »So kann man sich täuschen. Aber ich finde das super. Als Mädchen-Detektivclub fällt man viel weniger auf bei den Ermittlungen.« Plötzlich wurde sie wieder ernst. »Aber die drei !!! müssen gemeinsam ermitteln. Wir brauchen Marie!«

Franziska stieg aus dem Aufzug und steuerte auf die Drehtür zu. »Am besten holen wir unsere Räder und fahren zu ihr.«

»Dasselbe wollte ich auch gerade vorschlagen«, sagte Kim. Die beiden rannten zurück durch den Schillerpark zum Haus von Ramonas Mutter. Franziska war wieder mal schneller als Kim. Während Kim noch keuchte und mit Seitenstechen kämpfte, hatte Franziska bereits die Fahrräder aus dem Busch geholt.

Kurz darauf klingelten sie bei Marie, doch der Summer blieb stumm.

»Hat sie etwa schon wieder eine Gesangsstunde, um doch noch ein Star zu werden?«, stöhnte Franziska. »Oder reagiert sie sich mit Aerobic den Casting-Frust ab?«

»Das glaub ich nicht«, sagte Kim. »Hack doch nicht immer so auf ihr herum. Ihr geht es wirklich dreckig.«
Franziska verzog zerknirscht das Gesicht. »Sorry, es ist einfach mit mir durchgegangen.«
Da ertönte der Summer. Erleichtert machte Kim die Tür auf und sie fuhren hoch zum Penthouse. Die Wohnungstür stand offen. Als sie eintraten, fanden sie Marie mit einer großen Packung Kosmetiktücher auf dem Sofa vor. Ihr Gesicht war ungeschminkt und ziemlich verquollen.
»Du Ärmste!«, rief Kim und lief zu ihr hin, um sie zu umarmen.
Aber Marie stieß sie weg. »Was wollt ihr hier? Bemitleiden kann ich mich auch allein.«
Franziska ließ sich aufs Sofa plumpsen. »Wir haben Neuigkeiten! Du ahnst nicht, was wir herausgefunden haben!«
»Lasst mich raten«, sagte Marie. »Ihr habt Ramonas Mutter hinterherspioniert und sie mit einem Geliebten knutschend im Café erwischt.«
»Viel besser«, sagte Franziska. »Sie hat einen Termin mit Michael Martens vereinbart, übermorgen Nachmittag.«
Marie richtete sich auf. »Wie bitte? Du machst Witze!«
»Franzi macht leider keine Witze«, sagte Kim. »Sie war im Sekretariat bei *Youth* und wir haben den Beweis im Terminkalender der Sekretärin gefunden.«
Franziska und Kim berichteten ihrer Freundin von der aufregenden Verfolgungsjagd. Marie hörte schweigend zu, schnappte sich ein Kosmetiktuch und zerknüllte es in ihrer Faust.

»Also, was ist jetzt?«, fragte Franziska. »Steigst du nun ein in unsere Ermittlungen oder nicht?«
Marie schwieg immer noch.
»Wir brauchen dich«, sagte Kim und sah Marie flehend an. »Du gehörst doch zu den drei !!!. Ohne dich sind wir aufgeschmissen.«
Franziska nickte. »Kim hat recht. Wir brauchen dich. Du musst übermorgen zu diesem Michael Martens gehen und ihn unauffällig ausquetschen, und zwar am besten gleich nachdem Ramonas Mutter bei ihm war. Du bist die Einzige von uns, die er bereits kennt. Wenn du es schaffst, an seiner Sekretärin vorbeizukommen, kann eigentlich gar nichts mehr schiefgehen.«
Marie warf das Kosmetiktuch in den Papierkorb. »Habt ihr schon eine Strategie? Ich hab da nämlich eine Idee.«

Ein Rauswurf und ein neuer Anfang

Marie sah auf ihre Armbanduhr: 14:35 Uhr. Die Drehtür des Firmengebäudes bewegte sich und wie erwartet kam Frau Freiberg heraus. Gut gelaunt ging sie an Marie vorbei, sah ihr mitten ins Gesicht, ohne zu grüßen, und bog in den Schillerpark ein.
Marie musste grinsen. Ramonas Mutter hatte sie nicht erkannt! Ungeduldig wartete Marie ein paar Minuten, dann riss sie sich die schwarze Perücke vom Kopf und setzte die Sonnenbrille ab. Beide Sachen ließ sie in den tiefen Taschen ihres Mantels verschwinden.
»Der Countdown läuft«, murmelte sie. Unauffällig drehte sie sich noch einmal um. Auf der anderen Straßenseite hatte Franziska ihr Fahrrad auf den Kopf gestellt und bastelte daran herum. Fünf Meter weiter stand Kim vor dem Schaufenster der Espresso-Bar und trat fröstelnd von einem Bein aufs andere. In der letzten Nacht waren die Temperaturen in den Keller gefallen und tagsüber war es nicht wesentlich wärmer geworden. Dazu kam ein ekliger, eiskalter Regen.
Marie straffte die Schultern, klemmte den schwarzen Schirm

ihres Vaters unter den Arm und ging auf die Drehtür zu. Sie betrat den Eingangsbereich so selbstverständlich, als ginge sie jeden Tag dort zur Arbeit. Im Aufzug, den sie mit ein paar Geschäftsmännern in dunklen Anzügen teilte, starrte sie betont gelangweilt Löcher in die Luft. Als der Lift im siebten Stockwerk hielt, öffnete sie ihren Mantel, strich den grauen Bleistiftrock glatt, der sie mindestens zwei Jahre älter machte, und trat hinaus in den Flur. Franziska und Kim hatten ihr genau beschrieben, wo das Sekretariat war. Sie musste also nicht mal nach dem Weg fragen. Auf dem Flur begegneten ihr zwei coole Typen Anfang zwanzig mit Edel-Tattoos auf den Oberarmen und Kopfhörern im Nacken.

»Hi, bist du neu hier?«, fragte der eine und grinste Marie an.

»Nein«, sagte Marie. »Ich bring nur meiner Tante was vorbei, Frau Thomas.«

Die beiden stießen sich an und lachten.

»Na dann, viel Spaß bei deiner Tante!«, sagte der andere.

»Die hat ja echt Haare auf den Zähnen.«

»Wieso?«, sagte Marie. »Zu mir ist sie immer supernett.« Die Typen gingen grinsend weiter. Marie atmete tief durch. Das waren ja heitere Aussichten. Hoffentlich würde die Sekretärin ihr die Lügengeschichte abnehmen!

Entschlossen klopfte sie an der Tür des Sekretariats.

»Herein!«, rief eine nicht gerade freundlich klingende Stimme. Marie machte schwungvoll die Tür auf und setzte ihr schönstes Lächeln auf. »Guten Tag, Frau Thomas! Mein Name ist Marie Grevenbroich.«

»Ja, und?«, fragte die Sekretärin, die sich gerade eine Zigarette anzündete.

Marie musterte sie kurz von oben bis unten. Sie war bestimmt schon über vierzig, hatte dunkelbraune Haare, die sie zu einem Pferdeschwanz zusammengefasst hatte, und einen Damenbart.

»Entschuldigen Sie bitte die Störung«, redete Marie unbeirrt weiter. »Mir ist da was ganz Dummes passiert. Stellen Sie sich vor, ich war heute Morgen in der Espresso-Bar gegenüber und hab einen Latte macchiato getrunken. Das mache ich immer vor der Arbeit. Da stellt sich plötzlich Michael Martens neben mich. Ich habe ihn sofort erkannt, weil er doch so oft in der Zeitung ist. Wir kamen ins Gespräch und haben ein bisschen geplaudert. Er wollte sogar meine Telefonnummer haben.«

Frau Thomas guckte genervt auf ihre Armbanduhr.

Marie strahlte sie an. »Ich werde Sie nicht mehr lange belästigen, das verspreche ich Ihnen! Also, Michael Martens hatte es auf einmal eilig, er stürzte seinen Cappuccino hinunter und ging schnell hinaus. Ich sah ihm nach, und als er längst weg war, fiel mir auf, dass er seinen Regenschirm vergessen hatte. Ich bin natürlich sofort auf die Straße gerannt, aber es war zu spät. Er war schon verschwunden. Leider musste ich dann gleich zur Arbeit, aber jetzt bin ich hier und wollte Michael Martens seinen Schirm zurückbringen.«

Die Sekretärin drückte ihre halb gerauchte Zigarette im Aschenbecher aus. »Danke! Geben Sie den Schirm mir. Herr Martens ist gerade in einer Besprechung.«

Marie presste den Schirm an sich und schüttelte den Kopf.

»Nein, nein! Ich bestehe darauf, den Schirm Michael Martens persönlich zu überbringen. Ich warte gerne, das ist überhaupt kein Problem!«

»Wie Sie wollen«, sagte Frau Thomas. »Das kann aber dauern!« Dann hackte sie in ihren Computer, ohne Marie einen Platz anzubieten oder sich weiter um sie zu kümmern.

Marie ging ans Fenster und wartete. Innerlich jubelte sie. Sie hatte es tatsächlich geschafft! Die Sekretärin war ihr auf den Leim gegangen, und Michael Martens würde sie auch noch um den Finger wickeln.

Die nächsten Minuten zogen sich wie Kaugummi dahin. Alle Augenblicke sah Marie auf die Uhr. Nach zwanzig Minuten ging endlich die Tür auf und Michael Martens kam mit einem Kollegen heraus. Verblüfft starrte er Marie an. »Was machst du denn hier?«

»Die junge Dame will unbedingt zu Ihnen«, sagte Frau Thomas. »Sie hat …«

»Ist gut«, unterbrach Michael Martens. »Komm rein, Marie.«

Mit einem triumphierenden Lächeln ging Marie an der finster dreinblickenden Sekretärin vorbei. Michaels Büro war größer als der Vorraum. Überall an den Wänden waren Regale, vollgestopft mit CDs. In einer Nische prangte eine riesige, silbrig glänzende Stereoanlage.

Michael Martens setzte sich hinter seinen Glasschreibtisch und deutete auf einen eleganten schwarzen Ledersessel. »Bitte!«

Marie legte den Schirm achtlos auf den Boden, versank in dem kühlen Leder und lächelte Michael verführerisch an.

»Also, was kann ich für dich tun?«, fragte Michael.
»Zuerst mal wollte ich mich entschuldigen«, sagte Marie. »Ich hab mich auf der Party total bescheuert benommen. Ich wollte mich nicht bei dir einschleimen oder mir irgendwelche Vorteile beim Casting verschaffen, das musst du mir glauben.«
Michael nickte. »Okay, Entschuldigung ist angekommen. Was hast du sonst noch auf dem Herzen?«
»Wie soll ich am besten anfangen?«, sagte Marie. »Ich habe eine Freundin, Ramona. Ramona Freiberg. Sie macht auch beim Casting mit und hat die erste Vorrunde geschafft, mit *Perfekte Welle.*«
Michael runzelte die Stirn. »Ach ja, ich erinnere mich. Und, was ist mit ihr?«
»Na ja«, sagte Marie. »Ich finde, sie ist die beste Sängerin in der ganzen Stadt. Du solltest sie mal mit ihrer Band bei uns in der Schule hören. Da ist sofort eine Wahnsinnsstimmung. Und das liegt ganz allein an ihr. Sie hat so eine irre Ausstrahlung.«
Michael spielte mit seinem Kugelschreiber herum. »Könntest du langsam mal auf den Punkt kommen? Ich hab nicht ewig Zeit.«
»Ja, klar«, sagte Marie. »Entschuldige bitte! Also: Ramona ist eine tolle Künstlerin und sie ist sehr feinfühlig und sensibel. Ich wollte dich nur darum bitten, dass du sie in den nächsten Runden nicht so hart anpackst. Ich will nicht, dass sie heulend zusammenbricht wie diese Mädchen bei den anderen Castings. Kannst du mir das versprechen?«

Michael starrte Marie an. »Was hast du da gerade gesagt?«
Marie klimperte ihn mit ihren getuschten Wimpern an.
»Fass sie bitte nicht mit der harten Methode an. Die bewirkt bei ihr genau das Gegenteil.«
»Und warum sollte ich das bitte für dich tun?«, fragte Michael.
Marie seufzte. »Ich habe leider nicht so viel Taschengeld«, schwindelte sie. »Aber ich würde dir alles geben, was ich habe.«
Da sprang Michael von seinem Sessel auf. »Ich glaub, ich hör nicht recht! Du versuchst schon wieder, mich zu bestechen!«
»Nein, nein!«, wehrte sich Marie. »Ich will nur meiner Freundin helfen.«
»Ich fasse es nicht!«, rief Michael. Seine Stimme wurde immer lauter. »Verschwinde sofort aus meinem Büro!«
»So hab ich es nicht gemeint«, sagte Marie. »Lass mich doch erklären ...«
»Da gibt es nichts zu erklären!«, sagte Michael scharf. »Dieses Casting läuft nach fairen Spielregeln ab und ich werde alles dafür tun, dass das auch so bleibt. Komm mir ja nie wieder mit so was! Sonst muss ich mal ein ernstes Wörtchen mit deinem Vater reden.«
Marie erschrak. Ihr Vater durfte von der ganzen Sache nichts erfahren. »Nein, bitte nicht!«, rief sie ehrlich verzweifelt.
»Du hast es selber in der Hand«, sagte Michael, »wenn du jetzt sofort verschwindest, vergesse ich die ganze Geschichte. Wenn nicht, dann ...« Er kam hinter dem Schreibtisch hervor und baute sich drohend vor ihr auf.

Hastig sprang Marie vom Ledersessel hoch und griff nach ihrem Schirm. Sie wollte lieber nicht wissen, was Michael *dann* genau machen würde.

»Tschüss«, murmelte sie und machte sich so schnell wie möglich aus dem Staub.

Hinter ihr knallte Michael wütend die Tür zu.

»Er hat heute einen schlechten Tag«, sagte sie zur Sekretärin, die sie entgeistert ansah. »Geben Sie ihm Bachblütentropfen oder so was, das wirkt bei meinem Vater auch immer Wunder.«

Bevor Frau Thomas etwas erwidern konnte, schlüpfte Marie rückwärts zur Tür hinaus. Den Schirm versteckte sie dabei geschickt hinter dem Rücken. Auf dem Flur wäre sie am liebsten losgerannt, aber dadurch wäre sie bloß noch mehr aufgefallen. Da kamen ihr auch noch ausgerechnet die beiden coolen Typen von vorhin entgegen.

»Na, wie war's bei deiner Tante? Doch nicht so toll?«, fragte der eine.

»Ging so«, murmelte Marie und versuchte, ihre gleichgültige Maske aufrechtzuerhalten.

Die Typen fuhren auch noch mit ihr mit dem Aufzug ins Erdgeschoss hinunter und grinsten sie die ganze Zeit frech an. Marie schmorte in der engen, stickigen Aufzugskabine wie in der Hölle. Es kam ihr ewig vor, bis sie endlich unten anlangte und durch die Drehtür ins Freie flüchten konnte. Schnell rannte sie in den Schillerpark. Erst bei einer einsamen Bank im hinteren Teil des Parks, den die drei !!! als Treffpunkt vereinbart hatten, blieb sie stehen. Ihr Herz hämmerte gegen die Brust und sie sah wieder Michaels verzerrtes, wütendes Gesicht dicht vor ihren Augen.

Da kam Franziska angesprintet, gefolgt von Kim. »Und, wie war's?«, fragte sie gespannt.

Kim brachte vor lauter Keuchen erst mal kein Wort heraus.

»Es war schrecklich!«, stöhnte Marie. »Er hat mich angeschrien.«

»Du Arme!«, rief Kim. »Warum das denn?«

»Er ist total ausgerastet und hat mir gedroht«, erzählte Marie, »dass er mit meinem Vater spricht, wenn ich noch einmal versuche, ihn zu bestechen.«

Franziska schüttelte den Kopf. »Der ist ja hart drauf.«

»Stimmt«, sagte Marie, die sich langsam wieder von ihrem Schreck erholte. »Aber ein Gutes hat das Ganze wenigstens: Wir wissen jetzt sicher, dass er sich nicht bestechen lässt und dass Ramonas Mutter unschuldig ist.«

»So sicher ist das nicht«, sagte Franziska. »Vielleicht ist er ja nur deshalb so ausgerastet, weil du ins Schwarze getroffen hast. Das kenn ich von Chrissie. Die regt sich auch immer am meisten auf, wenn jemand sie bei irgendeinem Mist, den sie gebaut hat, ertappt.«

Kim überlegte. »Hm, Franziska hat recht. Vielleicht war ihm dein Taschengeld zu wenig oder er wollte sich nicht verraten, weil er gerade erst das Geld von Ramonas Mutter eingeschoben hat. Deshalb hat er verzweifelt versucht, den Verdacht von sich abzulenken. Weil er Angst hat, dass du das Ganze weitererzählst.«

»Was redet ihr da?«, rief Marie. »Michael hat mich schon bei der Party sofort abgewimmelt und jetzt wieder. Ich glaube nicht, dass er bestechlich ist. Und Ramonas Mutter ... nein, da glaube ich es auch nicht, dass sie ihn wirklich bestochen hat. Vielleicht wollte sie ja ganz was anderes von ihm.«
»Was denn?«, fragte Franziska.
Marie zuckte die Schultern. »Keine Ahnung.« Franziska und Kim tauschten einen Blick.
»Glauben reicht aber nicht«, sagte Kim. »Detektive müssen so lange weiterermitteln, bis sie sich hundertprozentig sicher sind.«
Marie stöhnte. »Ich hasse diesen Fall!«
»Trotzdem müssen wir ihn lösen«, sagte Franziska. »Die drei !!! geben nicht bei der ersten kleinen Schwierigkeit auf.«
Marie schnappte nach Luft. »Das nennst du ›erste kleine Schwierigkeit‹? Hast du dir mal überlegt, wie ich Ramona unter die Augen treten soll? Vornerum tue ich so, als sei sie meine Freundin, und hintenrum traue ich ihrer Mutter die schlimmsten Dinge zu und versuche, sie hinter Gitter zu bringen.«
»Du musst eben Privates und Berufliches trennen«, sagte Franziska. »Du hängst eh viel zu viel mit dieser Ramona herum. Triff dich lieber mit uns und reiß dich ein bisschen zusammen!«
Marie war kurz davor, Franziska an die Gurgel zu springen, doch Kim hielt sie im letzten Moment zurück. »Hört auf zu streiten! Ihr macht alles nur noch schlimmer.«
»Und was schlägst du stattdessen vor?«, fragte Marie.

»Wir müssen weitermachen«, sagte Kim. »Was haltet ihr von einer Krisensitzung im Pferdeschuppen? Morgen um vier Uhr? Da können wir alles Weitere besprechen. Marie, bitte lass uns jetzt nicht im Stich! Ich weiß, dass es schwer für dich ist, aber ich weiß auch, dass wir da einer heißen Sache auf der Spur sind.«

Marie nickte. »Okay, okay, ich mach ja weiter mit! Aber morgen kann ich erst um fünf. Vorher hab ich Gesangsstunde. Bloß weil die mich aus dem Casting gekickt haben, höre ich noch lange nicht auf zu singen!«

Zwei Stars verplappern sich

»Schmeckt es dir nicht, Kim?«, fragte Frau Jülich beim Abendessen am nächsten Tag. »Hast du Probleme in der Schule?«

Kim sah genervt von ihrem Teller hoch, auf dem sie die Bratkartoffeln von einer Seite zur anderen geschoben hatte. Immer musste ihre Mutter von der Schule anfangen. Als ob es nicht tausend wichtigere Dinge gäbe! Den Detektivclub zum Beispiel. Da ging im Moment alles drunter und drüber.

»Ich hab heute auch nicht so viel Appetit«, mischte sich Herr Jülich ein. »Die Gummibärchen waren einfach zu gut.« Dabei zwinkerte er Kim zu.

Die Schwäche für Süßes hatte sie von ihm geerbt. Ihr Vater konnte, wenn er in seiner Werkstatt an einer seiner Kuckucksuhren bastelte, spielend nebenbei eine ganze Tüte Gummibärchen oder eine Tafel Schokolade verdrücken.

Frau Jülich stöhnte. »Wunderbar! Du bist ja ein tolles Vorbild für deine Tochter.«

Da fingen Ben und Lukas an zu lachen.

»Was habt ihr denn?«, fragte Kim ihre Zwillingsbrüder und guckte sie misstrauisch an.
Die beiden hatten garantiert schon wieder etwas ausgeheckt. Wenn sie nicht gerade darum bettelten, an Kims Computer ein neues Spiel auszuprobieren, kamen sie auf tausend andere dumme Ideen.
»Ich weiß, warum Kim keinen Hunger hat«, sagte Ben.
»Ich auch!«, rief Lukas.
Dann krähten die beiden Neunjährigen im Chor: »Sie ist *verliebt!*«
Kim fiel vor Schreck die Gabel aus der Hand. »Spinnt ihr? Das ist nicht wahr!«
»Ist es doch«, sagte Ben und zog aus seiner Hosentasche ein gefaltetes Blatt Papier heraus. »Wir haben den Beweis, wir sind nämlich auch Detektive.«
Kim versuchte, Ben das Papier wegzunehmen, aber ihr kleiner Bruder war schneller. Er warf das zusammengefaltete Blatt zu Lukas hinüber. Der strich es hastig glatt und las laut vor: »*Ich hab mich verknallt! Das erste Mal so richtig. Wer es ist? Michi Mill…!*«
Kim riss ihm das Blatt aus der Hand. »Wo habt ihr das her? Wart ihr an meinem Computer?«
»Nein«, sagte Ben und schüttelte unschuldig den Kopf. »Du hast die Seite ausgedruckt und im Drucker liegen lassen.«
»Und da haben wir sie gefunden, als wir in deinem Zimmer unseren Fußball gesucht haben. Der ist da zufällig reingerollt.«
Kim wurde knallrot. »Zufällig? Ich glaub euch kein Wort,

meine Tür war doch zu. Das ist *mein* Drucker und *mein* Computer! Wann kapiert ihr das endlich? Und in meinem Zimmer habt ihr nichts zu suchen!«

Ben und Lukas grinsten sie an.

»Du bist rot geworden, rot geworden!«, rief Lukas. Kim wurde prompt noch röter.

Da mischte sich ihre Mutter ein. »Du bist verliebt? Zum ersten Mal? Ach je!«

Kim hätte ihrer Mutter am liebsten den Teller mit den Bratkartoffeln über den Kopf gekippt.

»Michi, Michi …«, überlegte Herr Jülich laut. »Ist das nicht dieser nette junge Mann, der in der Eisdiele aushilft? Ach, könntest du nicht mal einen Gratis-Eisbecher mitbringen?«

»Karl, also wirklich«, unterbrach ihn Frau Jülich.

Herr Jülich lachte. »Schon gut, war ja nur ein Vorschlag. Kim hätte es eh nicht gemacht. Dafür ist sie viel zu ehrlich.«

»Und verknallt!«, krähte Lukas schon wieder.

»Halt den Mund!«, rief Kim, sprang auf und rannte hoch in ihr Zimmer. Keine Sekunde hielt sie es hier länger aus.

Geheimes Tagebuch von Kim Jülich
Donnerstag, 19:01 Uhr

Ben und Lukas sind so was von gemein! Ständig schnüffeln sie herum und stecken ihre Nasen in Dinge, die sie überhaupt nichts angehen. Ich hab das Recht auf ein Privatleben! Kann ich denn überhaupt nichts mehr offen in meinem Zimmer liegen lassen? Muss ich mir jetzt einen Safe zulegen und alles wegsperren? Und kann ich nie

wieder etwas ausdrucken? Diese Seite, die ich gerade schreibe, drucke ich jedenfalls nicht aus.
Es war so peinlich, peinlich, peinlich!
Jetzt weiß meine ganze Familie, dass ich in Michi verknallt bin! Ich würde am liebsten untertauchen wie Harry Lime in »Der dritte Mann«, von dem alle denken, dass er tot ist, aber in Wirklichkeit führt er sein Leben im Schutz der unterirdischen Labyrinthe der Wiener Kanäle ganz normal weiter.
Aber das Schlimmste ist: Michi meldet sich einfach nicht. Mag er mich nicht mehr? Michi, bitte melde dich!

Detektivtagebuch von Kim Jülich
Donnerstag, 19:16 Uhr

Erst konnte ich es kaum erwarten, dass die drei !!! einen neuen Fall bekommen. Und jetzt ist alles so schrecklich kompliziert. Sicher liegt es daran, dass diesmal einer von den drei !!! direkt betroffen ist. Als Detektiv braucht man eben eine gewisse Distanz, um mit klarem Kopf ermitteln zu können. Die hat Marie leider nicht. Trotzdem will sie weitermachen. Ich bewundere sie sehr dafür. Wer weiß, wie es mir ginge, wenn ich an ihrer Stelle wäre. Daran darf ich gar nicht denken.
Bei unserer Krisensitzung ist leider nichts Großartiges herausgekommen. Wir waren uns nur einig, dass wir gemeinsam weiterermitteln. Und Marie hat darum gebeten, dass sie nicht Ramonas Mutter beschatten muss, wenn es sich irgendwie vermeiden lässt. Das haben wir ihr natürlich zugestanden. Dieses Wochenende haben Franziska und ich eh keine Zeit, uns mit Ramonas Mutter zu beschäftigen. Wir schreiben beide eine Mathearbeit, und weil Franzi keinen blassen Schimmer hat, lernen wir zusammen und ich helfe ihr ein bisschen.
Mein Krimiroman verstaubt inzwischen in der Schublade. Seit unser neuer Fall be-

gonnen hat, habe ich keine einzige Zeile mehr geschrieben. Im Schreibworkshop vom Jugendzentrum war ich auch schon zwei Wochen nicht. Hoffentlich ist die Schreibkrise bald vorbei und hoffentlich geht unser Fall bald weiter. Meine Laune ist eh schon im Keller und ich esse zurzeit wieder viel zu viel Schokolade!

Noch nie war es Marie so schwergefallen, in die Schule zu gehen. Normalerweise machten ihr die Stunden Spaß und in der Pause hatte sie ihre Clique, mit der sie quatschen konnte. Und dann gab es ja auch noch Ramona … Aber seit der Sache mit ihrer Mutter schaffte Marie es einfach nicht, so zu tun, als wäre nichts. Erzählen durfte sie Ramona auch nichts, sonst gefährdete sie die Ermittlungen der drei !!!. Also tat sie etwas, was sie sonst nie tat: Sie ging Ramona aus dem Weg und verbrachte die meiste Zeit der Pause auf dem Flur der Fünftklässler, wo sich sonst kein Achtklässler aufhielt. Auch heute am Freitag drückte sie sich wieder dort herum.

Doch plötzlich hörte sie Ramonas Stimme. »Marie, hallo!«

Zögernd drehte sie sich um. »Ja?«

Ramona lachte. »Langsam glaube ich, du rennst vor mir davon. In den letzten Tagen hab ich dich überall gesucht.« Marie wusste nicht, was sie sagen sollte. »Ich wollte … ein bisschen allein sein.«

»Ja, klar«, sagte Ramona. »Du bist immer noch gefrustet wegen des Castings. Kann ich dir irgendwie helfen? Willst du dich bei mir ausheulen? Kein Problem!«

Marie schüttelte den Kopf. Dass Ramona so lieb zu ihr war, nagte noch mehr an ihrem schlechten Gewissen. »Nein, schon gut!«

»Komm, ich spendier dir eine Quarktasche«, sagte Ramona.
»Ich hab keinen Hunger«, murmelte Marie. »Ein andermal total gern. Du, sei mir nicht böse, aber ich muss ganz dringend aufs Klo.« Und bevor Ramona vorschlagen konnte mitzugehen, machte Marie auf dem Absatz kehrt und rannte davon.
»Warte!«, rief Ramona ihr hinterher, aber Marie drehte sich nicht mehr um.
Sie hetzte über den Pausenhof hinüber zum Mehrzweckbau. Dort waren die Räume für den Kunst- und Musikunterricht untergebracht, und auf die Toilette im zweiten Stock verirrte sich kaum jemand während der Pause. Marie nahm auf der Treppe immer zwei Stufen auf einmal, rannte zur Mädchentoilette und riss die Tür auf. Dann sperrte sie sich in eine Kabine ein, klappte den Klodeckel herunter und wartete, bis sich ihr Puls langsam wieder beruhigte.
So konnte es nicht weitergehen! Sie konnte Ramona nicht ewig ausweichen. Aber was sollte sie tun? Die Lage war so dermaßen verfahren und es gab einfach keinen Ausweg. Marie stützte die Ellbogen auf die Knie und seufzte.
Da ging die Tür auf und sie hörte, wie zwei Mädchen kichernd hereinkamen. Der Wasserhahn rauschte, dann klackerte der Seifenspender.
»Meine Foundation hat schon wieder versagt«, sagte die eine.
»Ich muss mir unbedingt eine neue zulegen.«
Marie horchte auf. Die Stimme kam ihr irgendwie bekannt vor.
»Leihst du mir mal deinen Lipgloss?«, fragte die andere.

»*This lipgloss is for you!*«, fing die Erste spontan an zu trällern. Da machte es Klick bei Marie. Diese schräge Stimme würde sie nie vergessen. Das war Jette und die andere war Julia! Die hatten gut lachen. Bestimmt waren sie nur weitergekommen, weil Michael Martens fand, dass sie »toll« aussahen. Als ob sie nicht auch hübsch gewesen wäre, aber Michael schien wohl eher auf grell geschminkte Schönheiten zu stehen.
»Ich kann es kaum erwarten, bis die zweite Runde anfängt«, sagte Jette. »Nächsten Freitag ist es endlich so weit und wir kommen auch gleich um 14 Uhr dran.«
Julia stöhnte: »Hör bloß auf! Ich hab jetzt schon Lampenfieber.«
»Wieso denn?«, fragte Jette und kicherte. »Beim ersten Mal lief doch auch alles wie geschmiert.«
»Ja, schon«, sagte Julia, »trotzdem: Ich hab einfach Schiss!«
Marie hörte, wie eine der beiden eine Spraydose betätigte. Sekunden später waberte der penetrante Geruch von Haarspray zu ihrer Kabine herüber. Marie hielt sich die Nase zu, um nicht niesen zu müssen.
»Entspann dich!«, sagte Jette zu ihrer Schwester. »Du weißt doch: Wir werden die Stars von *Afternoon!*«
Wenn das passiert, dachte Marie, dann schicke ich eine Stinkbombe zum Sender. Das können die echt nicht bringen.
Julia ließ einen gespielten Stoßseufzer los. »Ja, ich weiß: Mama hat es uns versprochen, und was sie verspricht, das hält sie auch.«
Marie klappte die Kinnlade nach unten. Was hatte Julia da

gerade gesagt? Ihre Mutter hatte es ihnen versprochen? Wie konnte sie das tun? War sie etwa noch größenwahnsinniger als Frau Freiberg?

»Wir dürfen bloß niemandem etwas erzählen«, sagte Jette leise. »Mama ist ein verdammt großes Risiko für uns eingegangen.«

Risiko? Marie schwante auf einmal, worum es ging: Hatte die Mutter von Jette und Julia etwa Michael Martens bestochen?

Plötzlich hörte Marie Schritte. Blitzschnell entriegelte sie die Kabinentür und zog die Beine hoch. Die Schritte kamen näher. Langsam gingen sie die Kabinen ab. Marie hielt den Atem an. Vor ihrer Kabine blieb Jette oder Julia stehen. Oh nein, sie hatte doch etwas gemerkt! Sie wusste, dass sie dadrin saß. Doch da entfernten sich die Schritte wieder. Marie wagte wieder zu atmen.

»Zum Glück ist keiner da«, sagte Jette. »Wir müssen aber echt vorsichtig sein. Wenn da was durchsickert, bringt Mama uns um!«

Julia raunte: »Ich schweige wie ein Grab! Erst viel später in meinen Memoiren werde ich erwähnen, dass ich meinen Karrierestart einem kleinen Trick zu verdanken habe.«

»Schhht!«, machte Jette. »Bist du endlich still?« Da ertönte der Gong zum Pausenende.

»Los, komm!«, rief Jette.

Marie hörte das Klackern von Schminkutensilien, dann ging die Tür auf und wieder zu. Marie wartete zur Sicherheit noch eine Weile, bis sie mit einem breiten Grinsen auf dem Gesicht ihre Kabine verließ.

Das war ja der Hammer! Wenn das kein halbes Geständnis gewesen war! Jammerschade, dass sie kein Aufnahmegerät dabeigehabt hatte. Das wäre auch zu schön gewesen. Aber diese Neuigkeiten Franziska und Kim zu erzählen, darauf freute sie sich jetzt schon. Dann mussten die beiden endlich einsehen, dass Ramonas Mutter unschuldig war!

Vier Stunden später zogen sich die drei !!! in die Kutsche im Pferdeschuppen zurück. Marie hatte allerhöchste Geheimhaltungsstufe ausgerufen. Franziska klappte extra das Verdeck der Kutsche zu. Jetzt saßen sie dicht gedrängt nebeneinander auf der schmalen, harten Bank, atmeten den schwachen Geruch nach Pferden ein und steckten aufgeregt die Köpfe zusammen. Flüsternd erzählte Marie haarklein das Gespräch zwischen Jette und Julia. Sie war richtig stolz darauf, dass sie sich den genauen Wortlaut eingeprägt hatte.

Am Schluss machte sie eine geheimnisvolle Pause und sah ihre Freundinnen erwartungsvoll an. »Und, was sagt ihr dazu?«

»Ich bin platt!«, rief Kim. »Damit hätte ich jetzt am wenigsten gerechnet.«

Franziska schlug sich mit der Hand gegen die Stirn. »Bin ich blöd! Darauf hätte ich auch kommen können. Damals beim Casting kam mir die Sache mit den Schwestern auch schon so komisch vor, aber gleich danach hab ich es wieder vergessen, weil Ramonas Mutter ihren seltsamen Spruch losgelassen hat.«

»Siehst du!«, sagte Marie triumphierend. »Du hast die falsche Person verdächtigt. Frau Freiberg ist unschuldig.«

Kim räusperte sich. »Das ist immer noch nicht bewiesen, aber jetzt haben wir auf jeden Fall eine noch heißere Spur.« Marie stöhnte. »Findest du nicht, dass du mit deiner Hartnäckigkeit ein bisschen zu weit gehst?«

»Nein«, sagte Kim. »Als Detektivin kann man nie hartnäckig genug sein!«

»Für Spitzfindigkeiten haben wir jetzt keine Zeit«, stellte Franziska klar. »Wir müssen handeln, bevor es zu spät ist und die unterbelichteten Schwestern noch eine Runde weiterkommen. Was haltet ihr davon, wenn wir bei denen eine kleine Hausdurchsuchung veranstalten?«

Kim riss den Mund auf. »Bist du wahnsinnig? Willst du etwa nachts in ihr Haus einbrechen, oder was?«

»Von Einbrechen war nicht die Rede«, sagte Franziska, »wir läuten am helllichten Tag bei ihnen, wenn wir wissen, dass die Schwestern weg sind, bei einer Gesangsstunde oder so. Dann braucht ihr nur noch die Mutter abzulenken, während ich mich unauffällig im Haus umsehe. Na, was haltet ihr davon?«

Marie nickte. »Genialer Plan. Er hat nur einen einzigen Haken: Wir wissen nicht, wo Jette und Julia wohnen, und wir wissen nicht, wann sie ihre Gesangsstunde haben.«

»Kein Problem«, sagte Kim. »Die Adresse bekomme ich sicher raus. Wozu gibt es die Auskunft im Internet? Und was die Nachmittagstermine der beiden angeht, da musst du eben deinen Charme spielen lassen, Marie. Schleim dich am Montag in der Pause bei den beiden ein! Erzähl ihnen, dass du sie beim

Casting gesehen hast und wie wahnsinnig toll du sie findest. Das schaffst du doch locker, oder?«

Marie verzog das Gesicht. »Wenn mir nicht dabei schlecht wird!«

»Okay«, sagte Kim. »Dann kann's ja bald losgehen.«

»Endlich!«, rief Franziska und alle drei !!! mussten lachen.

In der Höhle des Löwen

Am Montagnachmittag standen die drei !!! bei den Garagen in der Bühlstraße 25 und hielten nach Jette und Julia Ausschau. Die Schwestern wohnten in einer Doppelhaushälfte am Rande einer Spielstraße, die nur fünf Minuten von Kims Wohnung entfernt war.
Marie fieberte dem Augenblick entgegen, in dem die Schwestern das Haus verlassen würden. Ihre Schleimerei war voll eingeschlagen. Sie hatte heute in der Pause perfekt den leicht hysterischen Fan gemimt und Jette und Julia waren prompt darauf reingefallen. Sie hatten sich sofort in Pose geworfen und Marie mit einem rosa Glitzerstift Autogramme gegeben. Danach hatten sie ihr die Ohren vollgequatscht und ganz von selbst von ihren Gesangs- und Ballettstunden erzählt. Marie hatte nur einmal nachhaken müssen, um herauszufinden, dass sie heute Nachmittag von 15:00 Uhr bis 16:30 Uhr Ballett hatten. Jetzt konnte Marie sich richtig auf die Hausdurchsuchungsaktion freuen. Ramona hatte ihr nämlich heute eröffnet, dass ihre Mutter für vier Tage zu einem Geschäftskongress in die USA

fliegen würde. Damit schied sie als potenzielle Bestechungstäterin endgültig aus. Schließlich würde niemand, der gerade dabei war, jemanden mit Bestechungsgeldern zu schmieren, ausgerechnet in der heißen Phase des Castings verreisen und die Sache außer Kontrolle geraten lassen.

»Sie kommen!«, zischte Franziska plötzlich.

Kim notierte in ihr Detektivtagebuch: *J. und J. verlassen das Haus um 14:50 Uhr. Fortbewegungsmittel: zwei rosa Fahrräder. Ziel: die Ballettschule in der Fußgängerzone.*

Die drei !!! duckten sich und ließen die Schwestern an sich vorbeifahren. Ahnungslos schwatzten und kicherten Jette und Julia. Marie grinste. Das Kichern würde ihnen bald vergehen!

»Bist du bereit?«, flüsterte Marie Franziska zu.

Die nickte, während sie die Riemen ihres Rucksacks festzurrte. »Bin bereit.«

Kim verglich ihre Armbanduhr mit der von Franziska.

»Okay, wir geben dir fünfzehn Minuten, sobald die Terrassentür offen ist. Spätestens um 15:15 Uhr musst du die Fliege machen, verstanden? Länger können wir Frau Ternieden sicher nicht hinhalten und wir dürfen kein Risiko eingehen. Nach der Aktion geht jede für sich alleine ihren abgesprochenen Weg zu mir und wir treffen dort wieder zusammen. Alles klar?«

»Alles klar!«, sagten Franziska und Marie gleichzeitig.

»Viel Glück!«, wünschte Kim Franziska und war heilfroh, dass sie nicht deren Part übernehmen musste.

Sofort sprintete Franziska los, lief um die hohe Mauer des Doppelhauses herum und kletterte auf einen Apfelbaum,

dessen Zweige ins Grundstück der Terniedens hineinragten. Hinter diesem Teil der Mauer war gleich die Terrasse.
Kim und Marie warteten, bis sie einen dumpfen Aufprall und das Zeichen hörten: den Ruf einer Meise. Dann kamen sie hinter den Garagen hervor und liefen den säuberlich geharkten Weg zur Haustür.
Kim umklammerte die Reitgerte, die Franziska ihr geliehen hatte, und wiederholte im Kopf noch mal schnell die Worte, die sie sagen wollte.
Da ging auch schon die Tür auf, und eine stark geschminkte zerknitterte Kopie der Ballettschwestern erschien. »Wollt ihr zu Jette und Julia?«, fragte Frau Ternieden. »Die sind leider nicht da.« Plötzlich stutzte sie und sah Marie genauer an.
»Kenne ich dich nicht irgendwoher?«
Marie schüttelte den Kopf. »Nein, ganz bestimmt nicht.« Kim versuchte inzwischen möglichst verzweifelt auszusehen.
»Tinka ist weg!«, sprudelte Marie los. »Wir haben sie schon überall gesucht, aber keiner hat sie gesehen. Sie ist einfach ausgebüxt. Das macht sie sonst nie, und ausgerechnet heute, wo wir doch mit ihr feiern wollen. Tinka wird nämlich sieben, wissen Sie.«
Frau Ternieden hörte in Ruhe zu und lächelte. »Ihr sucht eure kleine Schwester? Wie sieht sie denn aus?«
»Wir haben gar keine kleine Schwester«, sagte Kim. »Tinka ist unser Pony. Das heißt, eigentlich gehört sie Jasmin«, dabei deutete sie auf Marie, »aber wir teilen uns Tinka und reiten beide auf ihr.«

Frau Ternieden hob die Schultern. »Da kann ich euch leider nicht weiterhelfen. Hier ist kein Pony.«
»Sind Sie sicher?«, fragte Marie. »Bitte, dürfen Leonie und ich ganz kurz in Ihren Garten schauen? Vielleicht ist Tinka ja über die Mauer gesprungen und Sie haben es gar nicht gemerkt. Tinka kann nämlich sehr gut springen.«
»Natürlich könnt ihr nachsehen«, sagte Frau Ternieden freundlich. »Zur Terrasse geht es einfach gerade durch.«
»Danke!«, sagte Kim und düste sofort los.
Marie blieb bei Frau Ternieden und redete weiter auf sie ein. Währenddessen öffnete Kim die Terrassentür. Lautlos schlüpfte Franziska herein.
Schnell lief Kim wieder zurück und setzte ein enttäuschtes Gesicht auf. »Im Garten ist Tinka leider auch nicht.«
»Das tut mir leid«, sagte Frau Ternieden.
Plötzlich brach Marie in Tränen aus. Im Schauspielunterricht hatte sie das schon oft geübt und jetzt konnte sie es endlich in der Praxis anwenden. »Wir ... finden ... Tinka ... nie wieder!«, schluchzte sie.
Frau Ternieden versuchte, sie zu beruhigen. »Das glaube ich nicht! Ihr findet euer Pony bestimmt wieder. Kann ich euch irgendwie helfen?«
»Nein!«, schluchzte Marie.
Kim verbarg das Gesicht an der Schulter ihrer Freundin und tat so, als würde sie stumm mitweinen. Es musste ein herzzerreißendes Bild sein.
Frau Ternieden reagierte genau so, wie sie es gehofft hatten.»

Jetzt kommt doch erst mal rein, ich mach euch eine heiße Schokolade, und dann erzählt ihr mir noch mal alles ganz in Ruhe.«

»Sie sind so nett zu uns!«, sagte Marie unter einem Schleier von Tränen.

Kim freute sich, endlich mal nicht lügen zu müssen. »Ich *liebe* heiße Schokolade!«

»Keine Ursache«, sagte Frau Ternieden.

Kim und Marie betraten das Haus und folgten Frau Ternieden in die Küche. Dabei redeten sie extra laut, damit Franziska gewarnt wurde und sich verstecken konnte, falls sie gerade in der Nähe war. Unruhig sah sich Kim um, doch Franziska war zum Glück weit und breit nicht zu sehen. Dann fiel ihr Blick auf die Wände des Flurs. Sie waren von oben bis unten gepflastert mit Fotos von Jette und Julia. Jedes Mal hatten sie ein anderes Outfit und auf einigen Bildern Mikrofone vor den Lippen.

»Tolle Fotos, nicht?«, sagte Frau Ternieden und lächelte stolz.

»Ja, die sind super!«, schwärmte Marie täuschend echt.

Kim starrte fassungslos auf die Bilder. Ihr reichte es schon, wenn sie morgens und abends ihre Pickel im Spiegel angucken musste, aber die Vorstellung, der Flur daheim wäre voller Fotos von ihr, war der absolute Albtraum.

In der Küche hing zwar nur ein Foto von Jette und Julia, aber das hatte dafür Postergröße. Süßlich lächelten die Schwestern von der zitronengelb gekachelten Wand auf Kim und Marie herab, die sich zögernd an den Küchentisch setzten.

Frau Ternieden hantierte geschäftig mit Topf und Schneebesen. »Gleich bekommt ihr eure heiße Schokolade.«
»Danke!«, sagte Marie und zog schniefend die Nase hoch. Frau Ternieden gab ihr eine Packung Papiertaschentücher. »Heul dich ruhig aus!«
Lautstark prustete Marie in ein Taschentuch.
»Wo Tinka jetzt wohl ist?«, murmelte Kim. »Hoffentlich ist ihr nichts passiert!«
Wie auf Kommando fing Marie wieder an zu schluchzen. Frau Ternieden holte aus einem der pastellfarbenen Schränke zwei Becher heraus. »So, das wird euch guttun!« Sie setzte sich zu ihnen und wartete, bis sie die heiße Schokolade ganz ausgetrunken hatten. »Also, wann habt ihr euer Pony denn das letzte Mal gesehen?«
»Gestern Abend«, sagte Marie. »Wir haben Tinka nach dem Reiten gemeinsam trocken gerieben und sie in ihre Box gebracht. Alles war so wie immer. Uns ist nichts Besonderes aufgefallen, nicht wahr, Leonie?«
»Nein, Jasmin«, sagte Kim.
»Ja, genau«, sagte Marie. »Deshalb wären wir auch nie auf die Idee gekommen, dass Tinka über Nacht verschwinden könnte. Tinka ist sonst so eine Brave ...« Marie redete und redete, um Zeit zu schinden, und Frau Ternieden hörte geduldig zu.
Kim sah zwischendurch unauffällig auf ihre Armbanduhr. Acht Minuten hatten sie schon überstanden. Jetzt mussten sie noch sieben Minuten herumkriegen. Hoffentlich konnten sie Frau Ternieden so lange einlullen!

Während Kim und Marie sich mit Frau Ternieden beschäftigten, checkte Franziska schnell alle Räume ab. Im Erdgeschoss gab es neben dem Wohnzimmer nur noch ein Musikzimmer mit einem Klavier drin. Im ersten Stock waren das Bad, das Schlafzimmer der Eltern und das Zimmer von Jette und Julia. Letzteres platzte vor lauter Klamotten fast aus den Nähten. Franziska ließ es links liegen und nahm sich das Arbeitszimmer von Frau Ternieden vor. Sie erkannte es sofort, weil auf dem Schreibtisch mehrere Fotos von ihr standen und daneben ein Stapel zartrosa Visitenkarten in einer Muschelschale lag.

Helga Ternieden

Immobilienmaklerin

Termine nach Vereinbarung

Franziska musste grinsen. In puncto Geschmacklosigkeit konnte Frau Ternieden locker mit ihren Töchtern mithalten. Dann konzentrierte sich Franziska wieder auf ihre Arbeit. Der Schreibtisch war peinlich aufgeräumt und in einem Ablagekörbchen lag fein säuberlich ein Stapel Papiere. Franziska ging ihn durch: Es waren leider nur lauter langweilige Prospekte von irgendwelchen neuen Häusern.

Neben dem Schreibtisch standen ein Kopierer und ein Bücherregal, gefüllt mit Telefonbüchern, den Gelben Seiten, Wörterbüchern, trockener Fachliteratur über Betriebswirtschaft und einigen kitschigen Frauenromanen. Aha, hier hatte also Frau Ternieden ihre kleine weibliche Schwäche!

Trotzdem half das Franziska nicht weiter. Langsam wurde sie nervös. Lauter harmlose Dinge, kein einziges Fitzelchen sah hier verdächtig aus, keine Quittung über Bestechungsgelder, nichts! Als ob Frau Ternieden geahnt hätte, dass ihr Büro durchsucht werden würde. Franziska sah sich noch mal in dem Raum um. Doch außer einem geblümten Sofa gab es nur noch ein paar Grünpflanzen und einen Rollcontainer, auf dem ein großer Strauß Astern stand. Franziska bückte sich und guckte sich den Rollcontainer von der Seite an. Da war ja noch eine kleine Tür! Neugierig machte Franziska sie auf. Innen lagen wieder Papiere. Vorsichtig holte Franziska sie heraus: Rechnungen, private Briefe und Kontoauszüge, ordentlich zusammengeheftet. Franziska setzte sich aufs Sofa und blätterte die Kontoauszüge durch. Die meisten Posten auf der Habenseite waren Eingänge von Kunden, die für die Vermittlung ihrer Immobilien bezahlt hatten. Und die meisten Posten auf der Sollseite waren Abbuchungen von Boutiquen und Schuhläden. Kein Wunder bei den Klamotten von Jette und Julia. Ihre Mutter besaß garantiert mindestens genauso viele Kleider und Schuhe.

Plötzlich stutzte Franziska. Bei einer Abbuchung von fünfhundert Euro stand als Verwendungszweck: »Musik-Coaching«. Das klang doch megaverdächtig. Franziska guckte auf die Uhr und erschrak: schon 15:17 Uhr! Wo war nur die Zeit geblieben? Trotzdem blätterte sie weiter. Vielleicht gab es ja noch eine verdächtige Abbuchung. Da hörte sie auf einmal laute Stimmen unten im Flur.

»Nein, danke«, sagte Marie. »Sie müssen sich wirklich nicht die Mühe machen. Die Telefonnummer vom Reitstall hier in der Nähe bekommen wir auch so heraus.«

»Aber das ist doch gar kein Problem«, sagte Frau Ternieden. Ihre Stimme wurde immer lauter. Gleichzeitig hörte Franziska energische Schritte, die die Treppe heraufkamen.

Franziskas Herz hämmerte gegen die Brust. Panisch stopfte sie die Kontoauszüge in den Rucksack. Dann sah sie sich verzweifelt um. Flüchten konnte sie nicht mehr, dazu war es zu spät. Also blieb nur verstecken übrig, aber wo? Ihr Blick fiel auf das Sofa. Das war die einzige Rettung. Franziska warf sich auf den Boden und robbte in den schmalen Spalt zwischen Boden und Sofarahmen hinein. Verdammt, war das eng!

»Da sind wir auch schon«, sagte Frau Ternieden und ihre Füße in Hausschuhen traten auf Franziskas rechte Hand, die sie nicht rechtzeitig hatte zurückziehen können.

Franziska biss vor Schmerz die Zähne zusammen. Jetzt war alles aus! Frau Ternieden hatte sie entdeckt. Doch die lief seelenruhig weiter zum Bücherregal. Franziska wischte sich den Angstschweiß von der Stirn und lugte unter dem Sofa hervor.

»Wartet, gleich hab ich's«, sagte Frau Ternieden und blätterte in den Gelben Seiten. »Hier ist es! *Reiterhof Blumenau.* Vielleicht hat Tinka ja die Pferde gerochen und ist dorthin gelaufen.« Sie kritzelte die Telefonnummer auf einen Zettel und gab ihn Kim.

»Vielen Dank«, sagte Kim.
Marie nickte. »Jetzt haben wir Sie aber lange genug belästigt.«
»Keine Ursache«, sagte Frau Ternieden. »Ich wünsche euch ganz viel Glück, damit ihr bald Geburtstag feiern könnt.«
»Welchen Geburtstag?«, rutschte es Kim heraus.
Frau Ternieden sah sie verwundert an. »Na, Tinkas Geburtstag natürlich!«
Marie sagte schnell: »Leonie ist so durcheinander, jetzt hat sie doch glatt Tinkas Geburtstag vergessen.«
»Ja, ja«, sagte Frau Ternieden, »bei der ganzen Aufregung ist das auch kein Wunder.«
Die drei verließen das Arbeitszimmer und gingen wieder die Treppe hinunter.
Franziska schnappte nach Luft. Das auch noch! Im letzten Moment hätte Kim beinahe alles verpatzt. Franziska robbte ein Stück unter dem Sofa hervor und lauschte. Unten schlug die Haustür zu, dann hörte sie Schritte, die über den Flur in Richtung Küche gingen. Franziska atmete tief durch. Sie musste es riskieren!
Sie wartete noch ein paar Sekunden und lauschte auf die Geräusche aus der Küche. Leise Musik dudelte zu ihr herauf. Frau Ternieden hatte anscheinend das Radio angestellt. Wunderbar! Franziska rappelte sich hoch, stand auf und rieb sich das schmerzende rechte Handgelenk. Dann holte sie die Kontoauszüge aus ihrem Rucksack und kopierte die Ausdrucke der letzten vier Wochen. Hastig stopfte sie die Kopien in ihren Rucksack und schlich auf Zehenspitzen zur Tür. Die Musik

war jetzt ein bisschen lauter und hinter der halb offenen Küchentür klapperten Töpfe. Franziska tastete sich langsam die Treppe hinunter. Bei jeder Stufe zitterten ihre Knie stärker. Bei der vorletzten Stufe flog plötzlich die Küchentür auf und Frau Ternieden kam heraus.

Franziska erstarrte. Doch Frau Ternieden bemerkte sie nicht und ging fröhlich pfeifend in den Keller hinunter.

Franziska fiel ein Stein vom Herzen. Schnell flitzte sie zur Wohnungstür.

Recherche mit Hindernissen

Zehn Minuten später lagen die drei !!! völlig erledigt auf Kims Bett.

»Das nächste Mal müsst ihr euch aber jemand anderen für die Stunts suchen!«, sagte Franziska. Bei ihrer überstürzten Flucht durch den Vorgarten hatte sie sich auch noch den linken Ellenbogen an einer Brombeerhecke zerkratzt.

Kim klebte ihr ein Pflaster auf die blutenden Risse. »Es gibt hoffentlich so schnell kein nächstes Mal. Der Psychostress hat mich echt fertiggemacht. Ich wäre fast gestorben, als Frau Ternieden in ihr Arbeitszimmer raufgestürmt ist.«

»Die Gute hat wohl eindeutig ein Helfersyndrom«, sagte Marie. Kim kicherte. »Du hast aber auch deine Rolle perfekt gespielt. Am Schluss hab ich es fast selber geglaubt, dass Tinka weg ist.«

»Malt nicht den Teufel an die Wand!«, sagte Franziska.

»Heute Morgen stand sie jedenfalls noch brav in ihrer Box!« Kim schenkte Cola in drei Gläser. »Aber jetzt erzähl schon! Hast du was gefunden?«

Franziska nickte geheimnisvoll. Dann griff sie in ihren Rucksack und holte die Kopien der Kontoauszüge heraus.

Marie pfiff durch die Zähne. »Mannomann! Da warst du ja echt mutig.«

»Von wegen!«, sagte Franziska. »Ich hab mir vor Schiss fast in die Hosen gemacht, als Frau Ternieden plötzlich raufkam. Sie hat mich nämlich gerade bei einer interessanten Entdeckung gestört.« Franziska blätterte die Kopien durch. »Wo war es gleich noch mal? Ah, hier! Seht euch das an: Letzten Mittwoch hat sie fünfhundert Euro für ›Musik-Coaching‹ überwiesen. Der Empfänger ist ein Hans Müller von der Firma *Priori – Uhren und Schmuck.* Das passt doch überhaupt nicht zusammen: ein Uhrenverkäufer, der gleichzeitig Musik-Coaching anbietet?«

Kim musste lachen. »Na ja, völlig unmöglich ist das nicht, wenn ich da an meine Mutter denke. Die macht auch zwei völlig unterschiedliche Dinge: Halbtags arbeitet sie als Grundschullehrerin und nachmittags organisiert sie Wohltätigkeitsbasare.«

»Trotzdem«, sagte Franziska. »Ich finde das mehr als seltsam.« Marie beugte sich zu Franziska hinüber und blätterte zurück.

»Das gibt's nicht! Genau eine Woche davor hat sie auch schon fünfhundert Euro überwiesen, an denselben Empfänger.«

»Hab ich's mir doch gleich gedacht!«, sagte Franziska. Fieberhaft gingen sie systematisch die ganzen Kopien durch und stießen noch auf eine dritte Überweisung. Wieder lag eine Woche dazwischen, und wieder waren Summe und Empfänger identisch.

»Das kann kein Zufall sein«, sagte Kim. »Fünfzehnhundert Euro innerhalb von drei Wochen! So was Ähnliches habe ich mal in einem Krimi gelesen. Da hat der Täter die Bestechungsgelder auch wöchentlich in kleinen Summen überwiesen, um die große Gesamtsumme zu vertuschen.«

»Schade, dass nicht *Youth* die Firma ist«, sagte Marie. »Dann könnten wir Frau Ternieden sofort überführen.«

Franziska seufzte. »Tja, so blöd ist die natürlich nicht. Schließlich kennt sie sich als Maklerin mit Betriebswirtschaft und Recht und dem ganzen Kram aus.«

»Wir müssen weiterrecherchieren«, sagte Kim. »Diese Firma *Priori – Uhren und Schmuck* ist wirklich merkwürdig, da hat Franziska recht.«

»Das ist sicher nur eine Briefkastenfirma«, vermutete Marie. »Das zeigen sie ständig im Fernsehen. Mein Vater hat auch mal eine Folge der *Vorstadtwache* gedreht, wo das vorkam. Jemand, der Bestechungsgelder annimmt oder andere Leute abzocken will, legt sich ein Konto und ein Postfach zu, aber die angebliche Firma dahinter existiert gar nicht. Und wenn sich das Opfer dann beschweren will, findet es bei der Adresse der Firma nur einen Briefkasten in einem ganz normalen Wohnhaus.«

»Wir müssen also herausfinden, ob sich hinter der Tarnfirma tatsächlich *Youth* verbirgt«, sagte Franziska.

Plötzlich schlug sich Kim mit der Hand gegen die Stirn.

»Mensch! Warum bin ich da nicht gleich draufgekommen? Ich frage einfach meinen Vater, der kennt sämtliche Uhrenhändler und -firmen der ganzen Stadt und Umgebung. Wenn er die Firma nicht kennt, ist das der Beweis, dass es sie nicht gibt.«

»Eltern sind doch manchmal tatsächlich zu etwas gut«, sagte Franziska.

Sobald Marie und Franziska weg waren, ging Kim hinüber zum Gartenschuppen. Der Zeitpunkt war günstig. Am späten Nachmittag war ihr Vater immer am gesprächigsten. Da hatte er seinen Arbeitstag hinter sich und schon eine Stunde an seinen Kuckucksuhren gebastelt.

Kim klopfte an die Tür.

»Hereinspaziert!«, antwortete ihr Vater. Seiner Stimme nach zu urteilen, schien er gut gelaunt zu sein.

Kim lief zu ihm hin und legte die Arme um seinen Hals.

»Hallo, Paps!«

»Hallo, Kim-Schatz«, sagte Herr Jülich.

»Ich hab dir was mitgebracht«, sagte Kim und zog eine Tüte Gummibärchen aus ihrer Hosentasche, die sie sich extra heute bei den Hausaufgaben verkniffen hatte.

Ihr Vater rieb sich den Bauch. »Du bist gemein, du weißt genau, dass ich da nicht widerstehen kann.« Gierig riss er die Tüte auf und stopfte sich eine Handvoll Gummibärchen in den Mund.

»Witziges Teil!«, sagte Kim und deutete auf die knallgelbe Kuckucksuhr, an der ihr Vater gerade bastelte.

Herr Jülich grinste. »Deswegen bist du aber sicher nicht gekommen. Jetzt rück schon raus damit! Wo drückt der Schuh?«

»Ich hab nur zwei kleine Fragen«, sagte Kim. »Kennst du zufällig eine Uhrenfirma, die *Priori – Uhren und Schmuck* heißt?«

Herr Jülich überlegte. »*Priori?* Nie gehört. Wieso willst du das denn wissen?«

Kim wich der Gegenfrage aus. »Den Besitzer kennst du auch nicht? Er heißt Hans Müller.«

Ihr Vater schüttelte den Kopf. »Nein, der Name sagt mir gar nichts, dabei war ich neulich erst wieder auf einem Uhrmacherkongress und hab so ziemlich jeden aus der Branche getroffen. Aber warum interessiert dich das plötzlich?«

»Nur so«, sagte Kim. »Ich muss ein Referat in Physik machen und hab überlegt, ob ich Uhren als Thema wähle. Ich hab mal im Netz gegoogelt und bin auf den Firmennamen gestoßen. Macht nichts! Bestimmt hab ich die falschen Suchbegriffe eingegeben.«

Herr Jülich nickte. »Mag sein. Mir ist ja das Internet sowieso suspekt. Das ist doch die reinste Info-Müllhalde. Wenn man mal wirklich eine ganz bestimmte Information braucht, findet man sie garantiert nicht.«

»Hm«, machte Kim, weil sie sich nicht auf eine Diskussion übers Internet einlassen wollte. Ihr Vater war in der Hinsicht rettungslos altmodisch.

»Frag lieber mich«, sagte ihr Vater, »wenn du etwas wissen willst. Ich helf dir gern weiter.«

Kim drückte ihm einen Kuss auf die Stirn. »Lieb von dir, danke! Aber vielleicht nehme ich ja doch ein anderes Thema.«
Herr Winkler pulte ein rotes Gummibärchen aus der Tüte und steckte es sich in den Mund. »Aber verrate Mama bloß nichts davon!«
Kim lachte. »Versprochen!« Dann verabschiedete sie sich schnell, bevor sie sich noch mehr in Notlügen verstrickte.
Als sie zurück zum Haus ging, schwankte sie zwischen Erleichterung und Enttäuschung. *Priori* war also wirklich eine Tarnfirma. Ihr Vater hatte ein phänomenales Namensgedächtnis und kannte seine Branche in- und auswendig. An seiner Aussage gab es nichts zu rütteln. Aber was hieß das jetzt für die Ermittlungen? Sie waren genauso schlau wie zuvor! Wie sollten sie jemals herausfinden, ob *Youth* hinter der Tarnfirma steckte?
Auf ihrem Zimmer schickte Kim eine Nachricht mit der Info ihres Vaters an Marie und Franziska und schrieb am Schluss: *Wie geht's weiter???*
Eine Minute später hatte sie von beiden eine Antwort.

Steh auch grade auf dem Schlauch. Ich denk drüber nach! Die Kopien sind sicher verwahrt. Ich hab sie in die Geheimschublade unseres Containers eingeschlossen.
Franzi

Haben wir es nicht geahnt mit der Tarnfirma? Wir könnten Kommissar Peters einschalten, den Freund meines Vaters. Ich

frag ihn, ob wir bei ihm im Präsidium vorbeischauen können. Der findet den Namen, der sich hinter der Tarnfirma verbirgt, sicher heraus.
Marie

Sofort simste Kim an beide zurück: *Geniale Idee!*

Marie war stolz darauf, dass sie gleich einen Termin bei Kommissar Peters bekommen hatte. Der Kommissar hatte bereits ihren ersten Fall übernommen. Damals war er ziemlich beeindruckt von ihrer tollen Arbeit gewesen.
Als die drei !!! im Präsidium erschienen, begrüßte er sie wie alte Bekannte. »Schön, euch zu sehen! Setzt euch doch. Cola gefällig?«
Die drei !!! nickten.
Kommissar Peters schenkte ihnen ein und holte sich selber einen Kaffee. »Marie wollte am Telefon nicht erzählen, worum es geht, aber ich nehme stark an, dass ihr an einem neuen Fall dran seid.«
»Stimmt«, sagte Kim. »Im Moment können wir noch nichts Genaues verraten, weil wir mitten in den Ermittlungen stecken. Nur so viel: Wir haben eine heiße Spur und es geht um Bestechung. Leider fehlt uns der entscheidende Beweis.«
Kommissar Peters grinste. »Das kenne ich! Da braucht man viel Geduld und darf sich nicht von der Spur abbringen lassen.«
»Deshalb sind wir heute auch hier«, sagte Marie.

Franziska gab dem Kommissar die Kopien der Kontoauszüge. »Dieses Material haben wir zufällig in die Hände bekommen. Uns sind drei Abbuchungen aufgefallen, dreimal an denselben Empfänger. Wir wissen, dass es sich bei *Priori* um eine Tarnfirma handelt, aber wir konnten leider nicht herausfinden, wer dahintersteckt. Können Sie uns da weiterhelfen?«
Kommissar Peters sah sich die Kontoauszüge genauer an, dann musterte er die drei !!! über den Rand seiner Brille hinweg. »*Zufällig* habt ihr die Auszüge in die Hände bekommen?«
»Ja«, sagte Franziska mit fester Stimme und Marie nickte dazu. Nur Kim bückte sich schnell, um ihre Schuhbänder neu zu binden, obwohl sie gar nicht offen gewesen waren.
Die drei !!! hatten vereinbart, dem Kommissar lieber nichts von ihrer Hausdurchsuchung zu erzählen. Schließlich wussten sie nur zu gut, dass sie sich da auf illegalem Terrain bewegt hatten.
»Ich würde euch wirklich gern helfen«, sagte Kommissar Peters, »aber leider kann ich das Bankgeheimnis nicht umgehen.«
»Bankgeheimnis?«, fragte Franziska. »Das gilt doch nicht für die Polizei!«
»Leider schon«, sagte Kommissar Peters. »Um an die Stammdaten des Empfängers zu kommen, müsste ich über die Staatsanwaltschaft einen richterlichen Beschluss beantragen, und so etwas tun wir in der Regel nur, wenn akute Gefahr im Verzug ist, also zum Beispiel bei Terrordelikten oder Geldwäsche.«
Die drei !!! sahen sich enttäuscht an.

Marie setzte ihren verführerischen Augenaufschlag ein. »Können Sie nicht für uns eine Ausnahme machen? Bitte!«
Doch ihr Trick prallte am Kommissar ab. »Nein! Und dabei bleibt es auch. Ihr müsst einen anderen Weg finden, eure Spur zu verfolgen. Wollt ihr mir nicht doch etwas mehr von eurem Fall erzählen? Vielleicht kann ich euch ja einen anderen Tipp geben, der euch weiterbringt?«
Die drei !!! tauschten einen Blick und waren sich schnell einig.
»Nein, danke«, sagte Kim.
»Danke, dass Sie sich für uns Zeit genommen haben«, sagte Marie.
Die drei !!! standen auf und verabschiedeten sich von Kommissar Peters.
Der lächelte sie an. »Nichts für ungut. Ihr könnt jederzeit kommen und mich oder meinen Kollegen, Polizeimeister Conrad, um Rat fragen. Und bitte kommt, *bevor* es gefährlich wird!«
»Klar«, murmelte Franziska.
»Ich bin schon sehr gespannt auf euren neuen Fall«, sagte Kommissar Peters. »Wer weiß, vielleicht sehen wir uns ja schon bald wieder?«
»Ja, wer weiß«, sagte Marie, aber eigentlich glaubte sie nicht so recht daran. Sie waren mit dem Fall in einer Sackgasse gelandet.

Treffen der Komplizen

Kim drehte ihr Handy in der Hand herum und starrte auf die Nummer auf dem Display. Sollte sie anrufen oder doch lieber nicht? Schon ewig hatte sie nichts mehr von Michi gehört. Das letzte Mal hatte sie ihn bei Franziska gesehen, als er ihnen geholfen hatte, den Pferdeschuppen auszumisten. Und jetzt würde sie ihn wieder um Hilfe bitten. Vielleicht kam er sich ja ausgenutzt vor …

Kim seufzte. Wenn sie ihn nur nicht so vermissen würde!

Da klopfte es an die Tür und die Zwillinge stürmten in das Zimmer herein. »Dürfen wir an deinen Computer?«, bettelte Lukas.

»Nur für fünf Minuten!«, sagte Ben. »Wir versprechen dir auch, dass wir nie wieder in dein Zimmer gehen, wenn du nicht da bist. Und von Michi reden wir auch nie mehr.«

Kim schüttelte den Kopf. »Kommt nicht infrage. Das hättet ihr euch früher überlegen müssen.«

»Manno!«, sagte Ben. »Es tut uns leid.«

»Entschuldige!«, sagte Lukas.

Die Zwillinge guckten Kim mit kullerrunden, unschuldigen Augen an.
Aber Kim fiel nicht darauf herein. »Eure Entschuldigung nehme ich gerne an, aber jetzt müsst ihr trotzdem gehen. Ich hab zu tun.«
»Schreibst du wieder in dein geheimes Tagebuch?«, fragte Ben.
Kim hob drohend ihr Wörterbuch hoch. Daraufhin zogen sich die Zwillinge endlich zurück. Sie sperrte die Tür hinter ihnen zu. Dann gab sie sich einen Ruck und drückte mit zitternden Fingern die Wahlwiederholung.
Schon nach dem zweiten Freizeichen ging Michi dran. »Hallo?«
Kims Herz machte einen Sprung. »Ich bin's, Kim. Hast du kurz Zeit?«
»Klar«, sagte Michi. »Worum geht's denn?«
»Um einen neuen Fall«, sagte Kim. »Du musst aber alles, was ich dir erzählen werde, für dich behalten, okay?«
»Ehrenwort!«, sagte Michi.
Kim berichtete in groben Zügen von ihrem Verdacht, was sie bisher herausgefunden hatten und von den Kontoauszügen.
»Und jetzt stecken wir leider fest«, sagte sie am Schluss.
»Wir waren gerade bei Kommissar Peters, aber der konnte uns auch nicht weiterhelfen.«
»Und du meinst, ich kann euch helfen?«, fragte Michi.
»Ja«, sagte Kim, »aber natürlich nur, wenn du Zeit und Lust hast.«

Michi lachte. »Natürlich hab ich Lust. Und Zeit hab ich auch. Die Eisdiele, in der ich gejobbt hab, hat letzte Woche geschlossen, wegen Winterpause.«
Kims Herz machte noch einen Sprung. »Du bist unsere Rettung! Also, wir brauchen jemand, den Frau Ternieden noch nicht kennt und bei dem sie nicht misstrauisch wird. Wir haben uns Folgendes überlegt …«
Michi hörte geduldig zu. »Der Plan klingt gut. Und wann soll das Ganze steigen?«
»Morgen um 14 Uhr«, sagte Kim.
»Gut«, sagte Michi. »Ihr könnt euch auf mich verlassen.«
Kim kniff sich in den Arm, um nicht laut loszujubeln. »Danke!«

Punkt 14 Uhr saßen die drei !!! mit Sonnenbrillen im *Café Lomo,* nippten an ihren Colagläsern und raschelten mit ihren Zeitungen. Um diese Zeit war das Café fast leer. Nur ein schmusendes Pärchen und ein Mann um die fünfzig saßen da. Die Bedienung, eine junge Studentin, gähnte gelangweilt vor sich hin. Die drei !!! dagegen waren hellwach.
»Hoffentlich geht Frau Ternieden heute auch aus dem Haus«, sagte Franziska.
»Garantiert«, sagte Marie. »Heute ist doch wieder Zahltag. Bis jetzt hat sie jeden Mittwoch Geld überwiesen. Und auf dem Kontoauszug stand kein extra Vermerk, dass sie Telefonbanking oder Homebanking gemacht hat.«
Franziska trommelte mit den Fingern auf den Tisch. »Wenn

wir doch wenigstens etwas tun könnten! Stattdessen müssen wir hier hilflos herumsitzen und warten.«
»Michi ist absolut zuverlässig«, sagte Kim. »Er wird garantiert das Richtige tun.«
»Hoffentlich«, seufzte Marie. »Vielleicht hätten wir doch lieber Stefan fragen sollen. Schließlich ist er schon achtzehn, und Michi ist erst sechzehn.«
Kim guckte Marie wütend an. »Wir waren uns doch einig, dass Michi besser geeignet ist. Mit seinen Sommersprossen und dem süßen Lächeln sieht er viel harmloser und netter als Stefan aus.«
»Jetzt fangt bitte nicht an zu streiten!«, rief Franziska. »Das halte ich nicht aus.«
In dem Moment klingelte Kims Handy. Sofort ging sie ran.
»Hallo? ... Michi! ... Okay ... Alles klar ... Was? In zehn Minuten? Ja ... verstanden. Wir übernehmen. Bis später, ciao, Michi!«
»Was hat er gesagt?«, fragte Marie neugierig.
»Du siehst auf einmal so blass aus!«, rief Franziska besorgt.
Kim schluckte. »Frau Ternieden hat tatsächlich wieder fünfhundert Euro an Hans Müller überwiesen. Michi stand neben ihr am Überweisungsterminal und konnte ihr über die Schulter sehen, ohne dass sie es gemerkt hat. Aber jetzt kommt der Hammer: Er hat zugehört, wie sie gerade am Handy mit jemandem gesprochen hat. Sie trifft sich mit dieser Person in zehn Minuten hier im *Café Lomo*. Und sie will angeblich über das Musik-Coaching reden!«
Franziskas Augen blitzten. »Das ist doch wunderbar! Wir

bekommen Michael Martens und Frau Ternieden auf dem Präsentierteller serviert. Jetzt brauchen wir uns nur noch in die Sofaecke dahinten zurückzuziehen und die beiden zu belauschen.«

»Geniale Idee!«, rief Marie.

Plötzlich sprang Kim auf. »Ich lauf schnell nach Hause und hol meine Digitalkamera und das Aufnahmegerät meiner Mutter.«

»Aber beeil dich!«, sagte Franziska.

»Klar«, sagte Kim und düste los.

Marie und Franziska wechselten in die Sofaecke hinüber und kuschelten sich so tief wie möglich in die Polster, damit man sie nicht sehen konnte. Dann saßen sie wie auf heißen Kohlen und schauten immer wieder nervös auf die Wanduhr im Café. Als die Tür aufging, zuckten sie zusammen. Zum Glück war es Kim. Keuchend ließ sie sich in die Sofaecke plumpsen.

»Ich hab alles dabei!« Geschickt hantierte sie mit dem Aufnahmegerät und stellte es so ein, dass sie nur noch die Pausentaste lösen musste, um aufnehmen zu können. Dann machte sie die Digitalkamera startklar.

Marie behielt inzwischen die Bedienung im Auge. Die gähnte immer noch ständig und interessierte sich überhaupt nicht für die drei !!!. Da tauchte auch schon Frau Ternieden im Türrahmen auf.

»Feind in Sicht!«, flüsterte Marie und zog schnell ihren Kopf zurück. Kim löste die Pausentaste.

»Wo wollen wir uns hinsetzen?«, fragte Frau Ternieden.

»An die Bar?«, antwortete eine Frauenstimme.
Die drei !!! sahen sich verblüfft an. Das war gar nicht Michael Martens, das war Terry! Marie musste grinsen. Sie hatte also doch recht behalten. Michael war nicht bestechlich. Aber Terry hätte sie so was auch nicht zugetraut. Hatte Michael deswegen auf der Party mit Terry gestritten?
Die Frauen ließen sich auf den Barhockern nieder. Sie hätten keinen günstigeren Platz auswählen können. So schauten sie auf das Regal mit den Flaschen und nahmen die Umgebung kaum wahr. Kim hob langsam ihre Digitalkamera und knipste das erste Foto, vorsichtshalber ohne Blitz. Frau Ternieden und Terry stießen gerade mit Proseccogläsern an.
»Auf unseren Deal!«, sagte Terry.
»Auf Julia und Jette!«, sagte Frau Ternieden. »Die beiden werden bald ganz große Stars. Vielen Dank noch mal für Ihre Hilfe! Die fällige Rate habe ich übrigens gerade an Sie überwiesen.«
Terry nickte. »Sehr schön. Dann will ich Sie mal nicht länger auf die Folter spannen. Die zweite Castingrunde wird ein bisschen anders als die erste ablaufen.«
»Inwiefern?«, fragte Frau Ternieden.
Während Terry erzählte, schoss Kim ein Foto nach dem anderen.
»Also«, sagte Terry. »Ihre Töchter haben ja wie alle anderen Kandidatinnen einen Brief bekommen, in dem steht, dass sie für das zweite Casting einen Song vorbereiten sollen.«
»Ja, genau«, sagte Frau Ternieden. »Ich habe mit Jette und Julia auch was ganz Tolles einstudiert …«

Terry unterbrach sie: »Vergessen Sie es, egal, was Sie mit den beiden einstudiert haben. Wir werden unsere Bewerberinnen nämlich mit einer Überraschung konfrontieren. *Afternoon* hat extra einen Song komponieren lassen, den die Mädchenband später auf dem Sender singen soll. Jeweils vier Bewerberinnen bekommen Text und Noten vorgelegt, müssen selbstständig die Stimmen verteilen und den Song spontan vom Blatt singen. Wir wollen sehen, wie gut die Mädchen das können und wie sie mit so einer Stresssituation umgehen. Dabei können sich auch die Mädchen hervortun, die Führungsqualitäten haben.«

Frau Ternieden stürzte den Rest ihres Proseccos hinunter. »Das ist nicht Ihr Ernst, oder?«

»Doch«, sagte Terry. »Der Song ist übrigens rhythmisch gar nicht leicht und hat in der Melodie größere Intervallsprünge drin. Aber keine Panik! Jette und Julia müssen nicht wie die anderen ins kalte Wasser springen. Ich hab den Song für sie dabei.« Sie holte ein Blatt Papier aus der Tasche und gab es Frau Ternieden.

Kim hielt die komplette Übergabe mit einem Kurzfilm auf der Kamera fest.

»Tausend Dank«, sagte Frau Ternieden und überflog das Notenpapier. »Der Song hat es echt in sich! Sie haben mir einen großen Gefallen getan. Ich werde dafür sorgen, dass Jette und Julia den Song im Schlaf singen können! Und Jette wird die Führung innerhalb der Gruppe übernehmen, sie ist geradezu prädestiniert dafür.«

»Aber passen Sie auf«, sagte Terry. »Es darf nicht zu perfekt rüberkommen, sonst fällt es sofort auf.«
Frau Ternieden lächelte. »Verstehe. Verlassen Sie sich ganz auf mich, ich werde das perfekt … das heißt natürlich nicht perfekt umsetzen. Kein Mensch wird merken, dass meine Töchter den Song vorher schon mal gesehen haben.«
»Ach, und noch etwas«, sagte Terry. »Es ist zwar eine langsame Ballade, aber *Afternoon* möchte, dass sie frech und ein bisschen zickig rüberkommt.«
»Alles klar«, sagte Frau Ternieden. »Kein Problem.« Plötzlich stand Terry auf. Kim duckte sich gerade noch rechtzeitig mit ihrer Kamera.
Frau Ternieden gab Terry die Hand. »Ich weiß gar nicht, wie ich Ihnen danken soll!«
Terry winkte ab. »Keine Ursache. Also dann, viel Erfolg!« Ohne zu bezahlen, verließ sie schnell das Lokal.
Frau Ternieden starrte ihr noch eine Weile nach. Dann drehte sie sich um, bezahlte die Proseccos und ging ebenfalls.
Kim drückte auf die Stopptaste des Aufnahmegeräts und die drei !!! tauchten wieder von ihrem Sofa auf.
»Ich glaub's einfach nicht!«, murmelte Kim. »Wir waren die ganze Zeit hinter dem Falschen her.«
Marie grinste. »Das hab ich euch doch gleich gesagt!«
»Wir haben den Fall gelöst«, rief Franziska. »Das Beweismaterial reicht dicke, um die Betrügerinnen anzuzeigen.«
Marie klopfte Kim auf die Schulter. »Das glaube ich allerdings auch. Tolle Arbeit, Kim! Richtig professionell.«

»Danke«, sagte Kim. »Meine Mutter ist zum Glück heute Nachmittag und Abend auf einem Wohltätigkeitsbasar. Sie wird hoffentlich nicht merken, dass ich mir ihr Aufnahmegerät ausgeliehen habe.«

»Und?«, fragte Franziska. »Gehen wir jetzt zu Kommissar Peters?«

»Ja, klar«, sagte Kim.

Doch Marie hielt sie am Arm zurück. »Wartet! Wir wollen uns doch die ganz große Show nicht entgehen lassen! Übermorgen ist die zweite Castingrunde. Da können wir Terry und Frau Ternieden auf frischer Tat ertappen und nebenbei auch noch Jette und Julia einen Denkzettel verpassen, den sie garantiert ihr ganzes Leben lang nicht vergessen werden.«

»Du willst dich an ihnen rächen, gib's zu!«, sagte Kim.

Marie warf ihre Haare schwungvoll nach hinten. »Das gebe ich gern zu. Die beiden haben mich aber auch lange genug genervt. Ja, ich will Rache, und zwar im Namen der Gerechtigkeit!«

Franziska kicherte. »Ehrlich gesagt, freu ich mich auch schon auf die dämlichen Gesichter dieser Zicken. Und ich finde, alle anderen Mädchen sollten auch mitkriegen, dass das Casting nicht fair abläuft. Sicher gibt es viele, die genau wie Marie gut singen, aber trotzdem nicht in die nächste Runde kommen.«

»Muss das wirklich sein?«, fragte Kim. »So ein Casting ist doch ein Riesenrummel. Alle werden uns anstarren und wir müssen vor laufenden Kameras mitten in das Casting platzen.«

»Ist doch super«, sagte Marie. »Dann werden die drei !!! endlich berühmt.«

Kim schüttelte den Kopf. »Na toll, und wenn uns jeder kennt, können wir in Zukunft nicht mehr ungestört ermitteln.«
»Da ist was dran«, sagte Franziska.
Marie schnippte mit den Fingern. »Ich hab's! Vor laufender Kamera sagen wir natürlich nicht, dass wir ein Detektivclub sind. Und Kommissar Peters muss uns auch versprechen, dass er nichts davon in die Zeitung bringt. So wird zwar jeder von uns hören und lesen, aber keiner wird erwarten, dass wir andere Fälle lösen. Wir sind eben rein zufällig auf diesen Betrug beim Casting gestoßen, weil ich selbst betroffen war.«
Kim zögerte. Sie fand die Lösung immer noch nicht toll. Am meisten störte sie daran, dass sie im Mittelpunkt stehen würde. Neben Lügen gab es nichts, was sie mehr hasste als das.
»Bitte!«, sagte Marie und klimperte mit ihren Wimpern. »Gönn mir den Triumph.«
Kim musste lachen. »Okay. Ihr habt mich überstimmt.«
»Und jetzt gehen wir zu dir«, sagte Franziska, während sie in ihre Jacke schlüpfte. »Ich will unbedingt das Band abhören und die Fotos sehen.«
Kim nickte. »Aber nur unter einer Bedingung: Michi muss auch dabei sein. Schließlich haben wir es ihm zu verdanken, dass wir jetzt das Geständnis der beiden auf Band haben.«
»Klar«, sagte Marie. »Ruf deinen Michi schon mal an!«

Eine Stunde später drängelten sich Michi und die drei !!! vor Kims Computer, nachdem sie sich die Kassette mit dem Beweismaterial angehört hatten. Die Kassette rauschte zwar

ziemlich, aber man konnte jedes Wort der beiden Frauen verstehen.
Jetzt spielte Kim die Fotos auf ihren Computer und klickte auf »Diashow«. Da erschien auch schon das erste Bild: Frau Ternieden und Terry mit ihren Proseccogläsern. Der Hintergrund war zwar etwas dunkel, doch die Personen waren scharf und gut zu erkennen.
»Wow!«, rief Michi. »Das ist ja toll geworden.«
Kim wurde ein bisschen rot. »Danke. Leider konnte ich keinen Blitz verwenden, das wäre zu sehr aufgefallen.«
»Das stört doch überhaupt nicht«, sagte Michi, während ein Bild nach dem anderen auf dem Bildschirm erschien. »Die Fotos sind super. Du solltest später mal Fotografin werden!«
»Meinst du?«, fragte Kim und sah Michi tief in die Augen.
»Ja, klar«, sagte Michi. »Du bist richtig begabt.«
Franziska legte den Arm um Kim. »Nichts da! Später werden die drei !!! Profidetektive und Kim leitet unser Detektivbüro. Fotografieren wird sie natürlich weiterhin, aber nur für unsere Detektivarbeit.«
Kim machte sich von ihrer Freundin los. »Was soll das? Vielleicht werde ich später ja doch Krimiautorin.«
Michi sah sie interessiert an. »Du schreibst, du fotografierst und kennst dich mit Technik aus? Jetzt bin ich echt geplättet. Kim, du bist ein Genie!«
»Hör auf!«, sagte Kim, aber ihre Augen strahlten Michi an.

Sorgen um Franziska

Geheimes Tagebuch von Kim Jülich
Mittwoch, 19:32 Uhr

Michi hat mich gelobt, er hat mir Komplimente gemacht!
Ich glaube, er bewundert mich wirklich. Er war ehrlich überrascht und begeistert. Wie er mich angelächelt hat! Meine Knie haben total gezittert und ich wäre ihm am liebsten sofort in die Arme gefallen. In seine starken Arme ...
Heute hat Michi fast nur mit mir geredet, Marie und Franzi hat er kaum beachtet. Vielleicht mag er mich ja doch ein bisschen mehr als sie. Ich würde es mir so wünschen. Ich muss es schaffen, dass er mich jeden Tag noch ein Stückchen mehr mag. Unsere Freundschaft wird wachsen und irgendwann verliebt Michi sich ganz von selbst in mich. Da kann er dann gar nichts mehr dagegen tun.
Hab ich so was nicht schon mal in einem Krimi gelesen? Dass eine Frau einen Mann dazu gebracht hat, sich in sie zu verlieben? Ja, das war einer von diesen englischen Krimis mit bösem schwarzem Humor. Am Schluss hat die Frau den Mann umgebracht, weil sie genug von seiner Liebe hatte. So was würde ich natürlich nie tun!

Michi, ich freu mich so! Michi, Michi, Michi!

Ein bisschen mulmig war Marie schon, als sie am nächsten Nachmittag bei Ramona klingelte. Andererseits wollte sie es endlich hinter sich bringen. Entschlossen drückte sie auf die Klingel.

Ramona machte die Tür auf. »Du? Das ist ja eine Überraschung.«

»Kann ich reinkommen?«, fragte Marie.

Ramona nickte. »Klar. Du kommst gerade richtig. Meine Nerven liegen schon wieder total blank. Ich hab das Gefühl, ich kann überhaupt nicht singen.«

»So ein Quatsch!«, meinte Marie und folgte Ramona hinauf in ihr Zimmer.

Dort war das Chaos ausgebrochen. Überall auf dem Boden verstreut lagen Noten, Kleider und Schuhe. Nur der Raum rund ums Keyboard war frei.

Ramona setzte sich sofort an ihr E-Piano und schlug ein paar Takte an. »Hör mal, soll ich den Song von Madonna nicht doch noch nach unten transponieren? Dann fühle ich mich wohler. Meine Mutter ist natürlich dagegen, die will, dass ich so hoch singe wie möglich.«

Marie legte Ramona die Hand auf die Schulter. »Du, ich muss dir was Wichtiges sagen.«

Ramona klimperte weiter auf dem Keyboard herum. »Jetzt nicht.«

Aber Marie ließ nicht locker. »Bitte!«

Da hörte Ramona endlich auf zu spielen. »Du siehst ja so ernst aus. Was ist los? Ist was Schlimmes passiert?«

»Nein«, sagte Marie. »Ich muss dir nur was beichten.« Ramona sah sie fragend an. »Dann leg mal los. Ich reiß dir schon nicht den Kopf ab.«

Marie holte tief Luft und fing an: »Du hast dich sicher gewundert, warum ich in letzter Zeit so komisch zu dir war und dir dauernd ausgewichen bin.«

»Na ja«, sagte Ramona. »Ich dachte, es ist dein Frust wegen des Castings.«

»Nein«, sagte Marie. »Mein Frust hat zwar auch mit reingespielt, aber eigentlich gab es einen anderen Grund. Kim, Franzi und ich sind da bei der ersten Castingrunde auf etwas gestoßen. Wir hatten plötzlich den Verdacht, dass da was falsch läuft. Genauer gesagt, dass jemand die Jury besticht, um weiterzukommen. Zuerst haben Kim und Franzi gedacht, dass deine Mutter versucht hat, Michael Martens zu bestechen.«

»Was?«, rief Ramona. »Ticken die nicht richtig?«

»Das hab ich ihnen am Anfang auch gesagt«, antwortete Marie. »Aber dann haben sie mir erzählt, dass deine Mutter einen Termin mit Michael Martens ausgemacht hat. Und ab dem Moment war ich mir nicht mehr so sicher.«

Ramona schnappte nach Luft. »Du denkst, meine Mutter ist eine Verbrecherin?«

»Jetzt nicht mehr«, sagte Marie, »und es tut mir auch total leid, dass ich sie überhaupt verdächtigt habe. Inzwischen weiß ich – wissen wir –, dass deine Mutter unschuldig ist.«

»Na toll!«, sagte Ramona. »Da hab ich ja gerade noch mal Glück gehabt, dass ihr sie nicht hinter Gitter gebracht habt.«

Marie biss sich auf die Lippe. »Entschuldige! Es tut mir wirklich leid, das musst du mir glauben. Aber Kim, Franzi und ich … na ja, wir haben inzwischen den wahren Täter ausfindig gemacht. Erinnerst du dich an Julia und Jette Ternieden?«
»Die grottenschlechten Schwestern?«, fragte Ramona.
Marie nickte. »Ihre Mutter hat Terry aus der Jury bestochen.«
»Das gibt's nicht!«, rief Ramona. »Woher wollt ihr das wissen?«
»Wir haben eindeutige Beweise«, sagte Marie. »Mehr kann ich dir heute leider noch nicht verraten. Aber wir werden morgen bei der zweiten Castingrunde Frau Ternieden und Terry entlarven.«
Ramona schüttelte den Kopf. »Ehrlich gesagt wird mir das alles gerade zu viel. Seid ihr Profischnüffler oder so was? Vermutet ihr bei allen Leuten immer das Schlimmste?«
»Nein«, sagte Marie. »Wir interessieren uns nur für Krimis und Detektivsachen und so.« Bewusst vermied sie es, den Detektivclub zu erwähnen. »Kannst du mir verzeihen? Ich wollte dich nicht verletzen und deine Mutter wollte ich auch nicht in Schwierigkeiten bringen – ehrlich!«
Ramona starrte Marie an und schwieg.
»Bitte, sag doch was!«, rief Marie.
Ramona schwieg immer noch. Dann endlich meinte sie: »Du bist echt durchgeknallt, aber ich mag dich trotzdem.«
Marie fiel ein Riesenstein vom Herzen. »Danke!«
»Schon gut«, sagte Ramona. »Und was heißt das jetzt? Werden Jette und Julia wirklich von der Jury bevorzugt?«

»Ja«, sagte Marie. »Aber mach dir keine Sorgen, wir werden morgen dafür sorgen, dass das ein Ende hat und das Casting fair weiterläuft. Du hast also nach wie vor gute Chancen, in die letzte Runde zu kommen.«
Ramona stöhnte. »Ich darf gar nicht dran denken! Ich bin doch eh schon so aufgeregt, und dann auch noch dieser Betrug! Braucht ihr eigentlich Hilfe oder wollt ihr das wirklich allein durchziehen?«

»Entspann dich«, sagte Marie. »Du musst gar nichts tun, das heißt, du musst einfach nur singen!« Für eine Sekunde überlegte sie, ob sie Ramona doch noch von dem Überraschungssong erzählen sollte, aber dann blieb sie stark. Sie wollte sich auf keinen Fall von Terry und Frau Ternieden anstecken lassen. Wenn Ramona gewinnen würde, dann sollte sie auch unter absolut fairen Bedingungen gewinnen.
»Ich muss dir übrigens auch was beichten«, sagte Ramona.
»Was denn?«, fragte Marie verwundert.
»Egal, wie das Casting laufen wird«, erzählte Ramona. »Ich werde weiter an meiner Karriere arbeiten und meine Mutter hilft mir dabei. Ich werde eine Demo-CD produzieren, solo, ohne Band. Mama bezahlt die Kosten und wir gehen ins Studio von …«
»… Michael Martens?«, beendete Marie den Satz. Ramona nickte. »Erraten! Klingelt es jetzt bei dir?«
»Logisch«, sagte Marie. »Deshalb war deine Mutter also bei *Youth!*«

Ramona grinste. »Ja, sie hatte ein erstes Gespräch mit ihm. Michael Martens hat ihr einen Kostenvoranschlag gemacht und ihr Infos gegeben, wie so eine Aufnahme im Studio abläuft.«
»Das ist ja toll«, sagte Marie. »Und wann soll's losgehen?«
Ramona zuckte mit den Schultern. »Das hängt noch vom Casting ab. Wenn ich nicht weiterkomme, gehen wir sicher früher ins Studio, wenn doch, übernimmt ja vielleicht *Afternoon* die Promotion.«
»Ramona, der neue Star am Pophimmel!«, rief Marie begeistert.
»Hör auf!«, sagte Ramona. »Meine Mutter redet auch ständig davon. Sie will mich ganz groß rausbringen und ist total hinterher, dass ich auch ja meine drei Stunden am Tag übe.«
Marie riss die Augen auf. »So viel? Ist das nicht megastressig?«
»Ich kenne es nicht anders«, sagte Ramona. »Aber lass uns von etwas anderem reden. Wie findest du es eigentlich, dass ich *Like a Virgin* von Madonna vorsinge?«
»Toll!«, sagte Marie. »Lass doch mal hören!«
Ramona drehte sich wieder zum Keyboard um und fing an zu spielen. Schon beim ersten Takt stieg sie voll in den Rhythmus ein. Marie wippte automatisch mit der Zehenspitze im Takt mit. Dann sang Ramona. Sie sang ganz anders als Madonna und schwankte doch genauso zwischen Unschuld und raffiniertem Spiel. Nur zweimal traf sie einen Ton nicht richtig, aber ansonsten sang sie das Lied flüssig durch.
Am Schluss klatschte Marie in die Hände. »Bravo!«
»War es okay?«, fragte Ramona.

»Okay?«, rief Marie. »Du warst superspitzenklasse!« Ramona lachte.
Da klopfte es an der Tür und ihre Mutter kam herein.
»Schatz, lass uns noch mal die Performance durchgehen.« Sofort verging Ramona das Lachen. »Muss das sein?«
»Ja, das muss sein«, sagte Frau Freiberg. »Ach – du hast Besuch? Marie, schön dich mal wiederzusehen. Wie geht es deinem Vater?«
»Gut«, sagte Marie. »Ich geh dann mal.«
»Bist du morgen da und drückst mir die Daumen?«, fragte Ramona.
Marie nickte. »Ich bin da, darauf kannst du dich verlassen, hundertprozentig.«

Detektivtagebuch von Kim Jülich
Donnerstag, 16:34 Uhr

Ich bin am Ende! Zwei Jobs parallel – Schule und Detektivarbeit – schlauchen auf Dauer total. Vor allem, wenn einem die Zeit davonläuft. Morgen ist schon die zweite Castingrunde und bis dahin muss alles perfekt sein. Obwohl wir uns die Arbeit aufgeteilt haben, blieb doch wieder das meiste an mir hängen. Heute hab ich die Abzüge der Fotos abgeholt. Sie sind gut geworden, zum Glück nicht zu dunkel. Die Speicherkarte aus meiner Digitalkamera hab ich auch schon rausgeholt und die Kassette aus dem Aufnahmegerät und beide Datenträger beschriftet. Mama hat wirklich nicht gemerkt, dass ich ihr Aufnahmegerät ausgeliehen habe. Sie hat den Kopf immer noch voll von ihrem Wohltätigkeitsbasar.
Marie hat Kommissar Peters informiert. Der wollte natürlich noch alle technischen Details wissen und hat wieder mich angerufen.

Bei der Vorstellung, morgen im Rampenlicht zu stehen, wird mir immer noch schlecht. Am liebsten würde ich einen Klon von mir hinschicken oder Marie damit beauftragen, dass sie als »Hercule Poirot« allein den Fall auflöst. Aber das geht natürlich nicht. Schließlich sind wir die drei !!! und nicht ein ! oder zwei !!.
Hoffentlich klappt alles! Und hoffentlich kommt uns nicht irgendetwas dazwischen. In Krimis ist das ja häufig so, dass kurz vor der Auflösung etwas völlig Unvorhergesehenes passiert, das den Detektiv total aus dem Konzept bringt. Stopp! Was sagt Mama immer? Ich soll nicht so pessimistisch sein.
Also gut: Wir werden den Fall erfolgreich zu Ende bringen, aus einem ganz einfachen Grund: Die drei !!! sind gut, die drei !!! sind besser, die drei !!! sind unschlagbar!

Kaum hatte Kim den Eintrag beendet und ihren Computer heruntergefahren, klingelte ihr Handy.
»Hallo? Ach, du bist es, Franzi. Wie geht's dir?«
»Schlecht!«, sagte Franziska.
Kim fiel fast der Hörer aus der Hand. »Was sagst du? Ist was passiert?«
»Allerdings«, antwortete Franziska. »Tinka hat mich abgeworfen.«
»Bist du verletzt?«
Franziska seufzte. »Ich glaub, ich hab mir den Knöchel gebrochen. Es tut sauweh, wenn ich ihn bewege.«
»Oh nein!«, rief Kim. »Warst du schon beim Arzt?«
»Mama fährt mich gleich ins Luisen-Krankenhaus«, erzählte Franziska, »zur Ambulanz.«
Kim sah auf ihre Armbanduhr. Bis zum Abendessen hatte sie noch zwei Stunden Zeit und das Luisen-Krankenhaus war nur

zehn Minuten mit dem Rad entfernt. »Ich komme zur Ambulanz.«
»Danke!«, sagte Franziska. Ihre Stimme klang ganz schwach.
»Dann bis bald.«
»Bis gleich«, sagte Kim und legte auf.
Auf der Treppe kamen ihr die Zwillinge entgegen.
»Wo willst du hin?«, fragte Lukas.
»Fährst du zu Michi?«, wollte Ben wissen.
Kim stöhnte. »Nein! Franzi hat sich den Knöchel gebrochen. Ich fahr kurz ins Krankenhaus. Richtet Mama aus, dass ich zum Abendessen wieder da bin.«
»Okay«, sagte Ben. »He, warte, dürfen wir mit?«
»Au ja!«, sagte Lukas. »Ich wollte schon immer mal einen zersplitterten Knochen sehen.«
Kim schnappte sich ihren Anorak. »Ihr bleibt hier!«
Dann schlug sie die Tür hinter sich zu und schwang sich aufs Rad. Schneeflocken rieselten vom Himmel herunter und ein eisig kalter Wind fegte durch die Straßen. Kim spürte die Kälte nicht. Sie musste dauernd an Franziska denken. Hoffentlich war der Knöchel nicht gebrochen! Das wäre eine Katastrophe, Franziska musste doch morgen einsatzbereit sein! Warum hatte sie nur in ihrem Detektivtagebuch den Teufel an die Wand gemalt?
Kim trat kräftig in die Pedale und überholte jeden Radfahrer auf dem Fahrradweg. Wenn das so weiterging mit dem Detektivclub, würde sie doch noch fit werden. Kim schaffte die Strecke in der Rekordzeit von acht Minuten.

Als sie im Wartebereich der Ambulanz ankam, sah sie Franziska schon von Weitem. Sie stützte sich gerade auf die Schulter ihrer Mutter und humpelte in Richtung Untersuchungszimmer.
»Hi, Franzi!«, rief Kim ihr entgegen.
»Hi!«, antwortete Franziska und hob das Gesicht. Kim erschrak, wie blass ihre Freundin um die Nase war.
Frau Winkler lächelte Kim freundlich an. »Schön, dass du da bist. Mach dir keinen Kopf, Kim! Es wird alles wieder gut.«
Kim nickte und spürte, wie ihre Angst ein bisschen weniger wurde. Franziskas Mutter wirkte in ihrer warmherzigen, zupackenden Art wie eine Beruhigungstablette. Kim folgte ihr und Franziska ins Untersuchungszimmer.
»Immer rein in die gute Stube«, sagte der Arzt, ein älterer Mann mit grauen Schläfen und fröhlich blitzenden Augen.
»Ich bin Dr. Waldow.« Er begrüßte Franziska, ihre Mutter und Kim und deutete dann auf die Untersuchungsliege.
Franziska setzte sich. »Ich glaube, ich hab mir den Knöchel gebrochen. Mein Pony hat mich abgeworfen. Das macht Tinka fast nie, aber da lag eine Plastiktüte am Boden und Tinka ist furchtbar erschrocken.«
»Das kenn ich«, sagte Dr. Waldow. »Ich reite auch. Darf ich deinen Fuß ein bisschen abtasten? Das wird ein wenig wehtun.«
Kim drückte Franziskas Hand und ihre Freundin nickte tapfer. Der Arzt untersuchte Franziskas Knöchel. »So wie es aussieht, hast du Glück gehabt. Der Knöchel ist zwar geschwollen, aber wahrscheinlich nur verstaucht und nicht gebrochen. Zur

Sicherheit werde ich aber noch ein paar Röntgenaufnahmen machen.«
»Nicht gebrochen?«, rief Franziska. »Das wär zu schön!«
»Na also!«, meinte Frau Winkler. »Hab ich mir doch gleich gedacht, dass es nicht so schlimm ist.«
Dr. Waldow öffnete eine Durchgangstür. »Kommst du gleich mit in den Röntgenraum?«
Franziska stand auf und humpelte hinüber.
»Viel Glück!«, rief Kim ihr nach.
Franziska nickte und grinste. Jetzt sah sie schon nicht mehr so schrecklich blass aus.
Fünf Minuten später war sie bereits wieder zurück und Dr. Waldow brachte die Röntgenbilder. Während er sie gegen das Licht hielt, wagte Kim kaum zu atmen.
Endlich legte er sie zurück auf den Schreibtisch und lächelte.
»Der Knöchel ist nur verstaucht.«
»Ja!«, jubelte Franziska und Kim fiel ihr um den Hals.
Frau Winkler strahlte auch. »Haben Sie etwas gegen die Schwellung? Und müssen wir sonst etwas beachten?«
Der Arzt holte aus seinem Schrank eine kleine Tube. »Diese Salbe kühlt und ist gut gegen die Schwellung. Ich mache Franziska jetzt einen Verband damit. Den sollten sie einmal am Tag wechseln. Versuch, so wenig wie möglich aufzutreten, Franziska, und lagere den Fuß schön hoch. Dann bist du in acht bis vierzehn Tagen wieder auf den Beinen.«
»Was?«, rief Franziska. »So lange dauert das?« Kim fehlten vor lauter Schreck die Worte.

Franziskas Stimme zitterte: »Aber ich muss morgen zu einem wichtigen Treffen – von unserer Mädchenclique. Da muss ich mindestens eine Stunde stehen und laufen.«

Dr. Waldow runzelte die Stirn. »Du solltest dich jetzt wirklich schonen. Das Treffen würde ich an deiner Stelle lieber verschieben.«

»Das geht aber leider nicht«, mischte sich Kim ein. »Bitte, Sie müssen Franzi erlauben, dass sie uns begleitet. Sonst ... sonst ist unsere Clique in Gefahr.«

Dr. Waldow sah Kim verdutzt an. »In Gefahr?« Dann schmunzelte er. »Na gut, das will ich natürlich nicht riskieren. Aber danach legst du deinen Fuß wieder schön hoch, Franziska. Versprochen?«

Franziska hob zwei Finger der linken Hand. »Versprochen!«

»Okay«, sagte Dr. Waldow. »Dann wünsche ich dir gute Besserung und viel Glück für morgen!«

»Danke«, sagte Franziska. »Das können wir gut brauchen.«

Kim und Frau Winkler halfen Franziska zum Auto. Als sie sicher und gut eingemummelt auf dem Rücksitz saß, schlug Kim die Autotür zu. »Bis bald, ich fahr mit dem Rad.«

Frau Winkler hielt sie am Ärmel zurück. »Muss ich mir Sorgen um euch machen?«

Kim schüttelte den Kopf. »Nein, nein! Wir haben alles im Griff.«

»Wirklich?«, fragte Frau Winkler misstrauisch.

»Ja, wirklich!«, beteuerte Kim.

Da stieg Frau Winkler endlich in den Wagen.

It's showtime!

Als die drei !!! am nächsten Tag an den Tatort fuhren – Kim und Marie mit dem Rad und Franziska in Stefans Auto –, kamen sie sich vor wie bei einem groß angelegten Polizeieinsatz. Der Laie konnte von außen nichts erkennen, aber die Einsatzleitung wusste genau, dass das Gelände komplett abgeriegelt war, hinter jeder Ecke Polizisten postiert waren und auf den Dächern die Scharfschützen bereitstanden.

In Wirklichkeit warteten zwar nur Kommissar Peters und Polizeimeister Conrad zur Verstärkung auf sie, aber das störte die drei !!! überhaupt nicht.

Marie war als Erste da, stellte ihr Rad ab und überprüfte schnell noch im Taschenspiegel ihr Make-up. Da brauste auch schon Stefan mit dem alten Opel an und hielt mit quietschenden Bremsen neben ihr.

Marie machte die Beifahrertür auf und half Franziska beim Aussteigen. Dabei warf sie Stefan einen strahlenden Blick zu. »Danke, dass du Franzi hergebracht hast.«

»Kein Problem«, sagte Stefan und lächelte zurück. »Ich musste

sowieso in die Stadt. Was habt ihr denn eigentlich vor? Franzi macht so ein großes Geheimnis daraus.«
»Ach«, sagte Marie, während sie in Stefans Augen versank. »Nichts Besonderes. Heute geht das Casting weiter.«
»Und, bist du wieder dabei?«, fragte Stefan.
Marie wurde rot. »Nein, ich bin draußen. Aber eine Freundin von mir macht mit, Ramona.«
»Tut mir leid für dich«, sagte Stefan.
Marie zuckte mit den Schultern. »Tja, da kann man nichts machen.«
»Kommst du?«, fragte Franziska. »Mein Knöchel tut höllisch weh.«
»Ja, ich komm schon«, sagte Marie. »Ciao!«, sagte sie zu Stefan. »Vielleicht sieht man sich ja mal wieder.«
»Ja, klar«, sagte Stefan und stieg ein.
Sehnsüchtig sah Marie ihm nach, wie er davonbrauste.
»Mensch, Marie!«, rief Franziska. »Wir haben jetzt keine Zeit für Romantik.«
Marie drehte sich zu ihr um. »Keine Sorge, ich hab meine Gefühle voll unter Kontrolle.«
Da kam Kim mit dem Fahrrad angesaust. »Sorry, wartet ihr schon lange? Meine Mutter hat mich abgefangen und mir jede Menge unangenehme Fragen gestellt. Sie wollte unbedingt wissen, was ich jetzt genau vorhabe.«
»Du Arme!«, sagte Marie. »So was würde mein Vater nie tun. Der vergisst sogar oft, wann ich Aerobic und Gesangsunterricht habe.«

»Kein Wunder bei deinen vielen Stunden«, sagte Franziska.
»Hört auf!«, ging Kim dazwischen. »Jetzt müssen wir unsere Energie bündeln.« Sie hielt ihre rechte Hand in die Höhe.
»Legt eure Hände darauf.« Franziska und Marie taten es.
Dann riefen sie im Chor: »Die drei !!!.«
Kim sagte: »Eins!«, Franziska sagte: »Zwei!«, und Marie: »Drei!« Danach hoben sie gleichzeitig die Hände in die Luft und riefen zum Abschluss laut: »Power!«
Dann klatschten sie die Hände ab und betraten das Hotel. Innen war schon einiges los, obwohl das Casting erst in einer Stunde begann. Die drei !!! gingen zur Anmeldung.
»Kann ich euch helfen?«, fragte die junge Frau hinter dem Tresen.
»Ja«, sagte Marie. »Wir haben Studioplätze in der ersten Reihe, auf den Namen Grevenbroich.«
Die Frau sah in einer Liste nach. »Ach ja, da steht es.« Sie strich den Namen aus und drückte Marie drei gelbe Karten in die Hand. »Ihr könnt schon reingehen.«
»Danke«, sagte Marie.
An der Studiotür wimmelte der Bodyguard vom letzten Mal die Zuschauer ab. Aber als Marie mit den gelben Karten wedelte, gab er die Tür frei. Unter den neidischen Blicken der anderen, die noch nicht hineindurften, betraten die drei !!! das Studio.
Dort wurde noch aufgebaut. Kameramänner rollten Kabel aus und justierten die letzten Scheinwerfer. Eine Assistentin brachte Wassergläser und stellte sie auf den Tisch der Jury.

Franziska, Kim und Marie suchten ihre Plätze. In der ersten Reihe waren Zettel auf die Rückenlehnen der Stühle gepinnt. »Presse«, stand auf den meisten und ein paar Journalisten waren auch schon da. Die drei Plätze mit dem Zettel »Grevenbroich« lagen genau in der Mitte. Von dort konnte man der Jury direkt in die Augen sehen. Aufgeregt nahmen die drei !!! Platz.

»Ich komm mir vor wie eine dieser total berühmten VIPs!«, flüsterte Kim den beiden anderen zu.

»Wir *sind* VIPs«, sagte Franziska.

Marie lächelte. »Tja, und trotzdem weiß keiner, dass Kommissar Peters unsere Plätze reserviert hat. Er hat es extra über einen Freund bei der Presse laufen lassen, damit es nicht auffällt.«

Kim beobachtete, wie auf der Bühne drei Mikrofone aufgestellt wurden. »Oh Mann, Marie, wie hast du das nur geschafft, hier aufzutreten?«

»Keine Ahnung«, sagte Marie. »Das Schlimmste waren die Minuten davor. Als ich hier reinkam, hatte ich gar keine Zeit mehr für Lampenfieber.«

»Ich sterbe vor Lampenfieber«, gestand Kim.

»Und ich könnte heulen wegen meines blöden Knöchels«, sagte Franziska, die gerade eine möglichst bequeme Position für ihr Bein suchte.

»Wir schaffen das!«, sagte Marie.

Da ging die Tür auf und der Rest der Zuschauer strömte herein. Es war ein solches Durcheinander und so ein großer Lärm, dass die drei !!! ihr Lampenfieber für einen Moment vergaßen.

Um sich ein wenig abzulenken, machten sie ein kleines Spiel. Wer am meisten Mitschüler und Bekannte unter den Zuschauern fand, hatte gewonnen. Marie lag von Anfang an in Führung. Das halbe Heinrich-Heine-Gymnasium schien vertreten zu sein. Auf diese Weise verging die Zeit wenigstens ein bisschen schneller.

»Da ist Frau Ternieden!«, rief Kim plötzlich.

Jetzt entdeckten Franziska und Marie sie auch. Frau Ternieden schritt wie eine Königin zu ihrem Platz. Sie war von Kopf bis Fuß in Regenbogensamt gekleidet und hatte einen knallroten Lippenstift aufgetragen. Die Nachbarn neben sich begrüßte sie gnädig von oben herab, als wären sie ihr Fußvolk.

Na warte!, dachte Franziska. Du wirst heute dein blaues Wunder erleben.

Eine Reihe vor Frau Ternieden setzte sich Frau Freiberg. Marie winkte ihr zu und Ramonas Mutter winkte zurück.

Dann kam auch schon die Jury herein. Die Zuschauer standen auf und applaudierten wie verrückt. Die drei !!! klatschten auch, beobachteten aber dabei ständig die Bühne. Michael Martens und Sue ließen sich lachend und quatschend auf ihren Stühlen nieder, während Terry betont locker die Hände in die Hosentaschen versenkte.

Marie stupste Kim an. »Ich glaub, sie ist lange nicht so cool, wie sie tut. Siehst du, wie sie schwitzt?«

Kim sah genauer hin. Tatsächlich: Auf der Stirn der Moderatorin standen kleine Schweißperlen. Kim musste grinsen. Als hätte die Maskenbildnerin Maries Worte gehört, stürzte sie auf

die Jurymitglieder zu und puderte ihnen allen noch mal die Gesichter.
Dann gab Michael Martens dem vordersten Kameramann ein Zeichen. Der fuhr mit seiner Kamera auf ihn zu.
»Hallo und herzlich willkommen zur zweiten Runde unseres Castings für *Afternoon*«, sagte Michael Martens.
Die Zuschauer klatschten und pfiffen. Ein paar Journalisten standen auf und knipsten drauflos.
»Danke, danke«, sagte Michael Martens, musste aber noch einige Zeit warten, bis die Zuschauer sich wieder beruhigten.
»Ich freue mich, dass wieder so viele gekommen sind. Begrüßt mit diesem Applaus bitte auch später unsere Bewerberinnen, die schon hinter der Bühne stehen und ihrem Auftritt entgegenfiebern. Dieses Mal sind es nur noch hundert Mädchen, die heute alle die Chance haben, in die letzte Runde zu kommen. Zwölf Mädchen werden wir in die Endrunde wählen und wir sind schon sehr gespannt, was uns Tolles geboten wird.«
Kim raunte ihrer Freundin zu: »Wen Terry wohl noch rausgekickt hat, der richtig gut war?!« Franzi zuckte mit den Schultern. Michael Martens tauschte einen Blick mit Terry und Sue. Terry warf ihm ein völlig übertriebenes, falsches Lächeln zu.
»Ich will keine langen Reden halten«, sagte Michael Martens. »Lasst uns anfangen. Hier kommen die ersten vier Mädchen.«
Die drei !!! lehnten sich zurück. Jette und Julia würden erst in einer halben Stunde drankommen. Bis dahin mussten sie versuchen, sich mit den Gesangseinlagen der anderen Bewerberinnen abzulenken.

»Sehr schön«, sagte Sue, als die ersten vier Mädchen sich vor der Jury aufgestellt hatten. »Ich weiß, ihr habt wieder alle tolle Songs vorbereitet. Die hören wir uns gern ein andermal an. Aber jetzt haben wir erst mal eine Überraschung für euch. *Afternoon* hat einen neuen Song komponieren lassen, den die Mädchenband bald im Fernsehen präsentieren wird. Wir geben euch die Noten zu diesem Song und ihr habt die einmalige Gelegenheit, diesen Song als Erste zu testen. Alles klar?«
Die Mädchen zuckten zusammen, doch dann nickten sie. Marie sah unauffällig zu Ramonas Mutter hinüber. Der fiel die Kinnlade hinunter. Mit diesem Teil der Show hatte sie nicht gerechnet.
Ein Assistent verteilte die Noten an die ersten vier Kandidatinnen. Die Blätter raschelten, hastig überflogen die Mädchen Text und Melodie, und eine fing leise zu summen an.
»Ruhe bitte!«, sagte Terry. »Hört auf zu summen. Jede soll die gleiche Chance haben.«
Die drei !!! schüttelten die Köpfe. Das sagte gerade die Richtige!
»Verteilt bitte die Stimmen und findet ein gemeinsames Tempo.«
Die Mädchen sahen sich unsicher an und zögerten. Dann wurde ein rothaariges Mädchen aktiv. Sie checkte kurz ab, wer welche Stimmlage hatte, und organisierte die Stimmen. Schließlich schnippte sie mit den Fingern den Takt vor. Die vier fingen an zu singen. Es hörte sich ziemlich wackelig an. Nur die Rothaarige war einigermaßen sicher, die anderen schwammen über weite Strecken.

»Danke, vielen Dank!«, sagte Terry. »Ihr habt alle euer Bestes gegeben. Sophie?« Sie deutete auf die Rothaarige. »Du hast das Zeug zum Bandleader. Das hat uns sehr beeindruckt.«
Michael Martens nickte. »Mir hat deine Entschlossenheit auch sehr gut gefallen und deine Ausstrahlung. Gratuliere, Sophie!«
Die Rothaarige tanzte vor Freude im Kreis. Die anderen Bewerberinnen dagegen zogen lange Gesichter, als die Jury ihre Leistungen bewertete und sie schließlich nicht für die Endrunde auswählte.
Die drei !!! rutschten nervös auf ihren Stühlen hin und her. Wenn es bei den anderen Kandidatinnen auch so lang dauerte, kam ihr Zeitplan total durcheinander.
Eine Vierergruppe nach der anderen trat vor und wurde bewertet. Nur zwei Mädchen gelangten in die nächste Runde. Die meisten hatten Probleme mit dem Song und ein paar kamen mit der Stresssituation nicht zurecht. Dominique, ein Mädchen aus Kims Klasse, fing sogar an zu weinen.
»Kann ich es noch mal versuchen?«, fragte sie, als sie mitten im Song abgebrochen hatte, weil ihre Stimme versagt hatte. Terry schüttelte den Kopf. »Tut mir leid, Dominique. Wir können weder bei dir noch bei einem anderen Mädchen eine Ausnahme machen.«
Franziska kochte innerlich vor Wut und wäre am liebsten jetzt schon auf die Bühne gestürmt. Sie musste sich schwer zusammenreißen, um Terry nicht wüst zu beschimpfen.
Marie ging es ähnlich. Sie war heilfroh, jetzt nicht an Domi-

niques oder Ramonas Stelle zu sein. Die arme Ramona! Noch ahnte sie nicht, was gleich auf sie zukommen würde. Inzwischen rannte Dominique heulend aus dem Studio. Ein empörtes Raunen ging durch die Zuschauermenge.

»Die Arme!«, riefen ein paar.

Frau Ternieden drehte sich um. »Wieso? Das Showgeschäft ist eben hart!«

Klar, dachte Kim, aber nur für die anderen, die kein Geld haben und auf legalem Weg durchs Casting kommen wollen.

»Ruhe bitte!«, rief Michael Martens. »Ruhe! Danke. Ich möchte an dieser Stelle kurz unterbrechen. Wir wissen, dass die zweite Runde dieses Castings nicht leicht ist. Aber als Popstar steht man oft unter extremen Belastungen und Stresssituationen. Damit zurechtzukommen ist genauso wichtig, wie gut singen zu können. Wir tun also keinem Mädchen einen Gefallen damit, wenn wir ihm eine nette, heile Welt vortäuschen.«

Das Publikum raunte immer noch, aber die Stimmen wurden langsam leiser. Das Casting ging weiter. Endlich waren Jette und Julia dran. Zusammen mit Ramona und Claudia, einer Mitschülerin von Franziska, stellten sie sich vor der Jury auf.

Die drei !!! rutschten an die vordere Kante ihrer Stühle und rissen die Augen auf. Beinahe hätten sie die Schwestern nicht wiedererkannt. Jette und Julia hatten sich von rosa Glitzermädchen in freche Rockgirls verwandelt. Ihre Beine steckten in schwarzen Lederhosen, damit hatten sie grün gemusterte Armee-Tops und derbe Stiefel kombiniert. Ramona und Claudia in ihrem normalen Jeans-und-T-Shirt-Outfit wirkten

dagegen wie Gäste, die zufällig auf einer Faschingsfeier hereingeschneit waren und das Motto nicht mitbekommen hatten.
Sue erklärte wieder die Programmänderung mit dem neuen Song. Claudias Knie fingen an zu zittern und Ramona wurde total blass. Jette und Julia guckten sich gespielt bestürzt an.
»Aber das war so nicht ausgemacht!«, beschwerte sich Jette.
»Ja, genau«, sagte Julia.
Ramona und Claudia brachten vor Schreck kein Wort heraus.
»Das stimmt«, sagte Sue ruhig. »Aber ihr seid nicht allein. Jedes Mädchen heute in dieser Runde muss vom Blatt singen.«
Terry klatschte in die Hände. »Gut, die Noten bitte!«
Die drei !!! beobachteten jede Bewegung und jeden Mimikwechsel von Jette und Julia. Die Schwestern überflogen total hektisch ihre Notenblätter. Dann ließ Jette absichtlich ihr Blatt fallen.
»Entschuldigung«, murmelte sie.
»Kein Problem«, sagte Michael Martens.
Ramona hatte sich inzwischen wieder gefangen und fragte Claudia: »Singst du Alt?«
Claudia nickte.
Da ging Jette dazwischen. »Ich kenne mich mit Stimmlagen aus, das hat mir meine Gesangslehrerin beigebracht.«
»Ich kenne mich auch damit aus«, sagte Ramona, »und ich hab angefangen.«
Die beiden standen sich wie zwei Kampfhähne gegenüber. Sue guckte auf die Uhr. »Einigt euch bitte schnell! Nur ein Mädchen kann die Führung übernehmen.«

Ramona ließ Jette für zwei Sekunden aus den Augen und sah unsicher zur Jury hinüber.
Das nutzte Jette natürlich sofort aus und riss die Führung an sich. »Claudia, du bist also Alt. Julia ist Mezzosopran, ich bin Sopran, und du, Ramona, bist wahrscheinlich auch Alt, oder?«
»Nein, Mezzosopran«, sagte Ramona.
Jette nickte. »Gut, dann singst du die dritte Stimme, Julia die zweite, Claudia die vierte und ich übernehme die erste.«
Ramona nickte, aber Marie spürte, wie sie Jette am liebsten zur Rede gestellt hätte. Doch das traute sie sich vor der Jury nicht.
Jetzt wurde es ernst. Jette summte die Grundtöne, dann zählte sie ein. Ihr Sopran war glockenhell und überhaupt nicht falsch. Julia sang auch sehr sicher, nur ab und zu verpatzte sie extra einen kleinen Ton. Und Jette verschleppte manchmal absichtlich das Tempo. Beide jedoch interpretierten den Song frech und rockig, genau so, wie es Terry ihrer Mutter empfohlen hatte. Diesmal wackelten sie überhaupt nicht mit den Hüften, sondern stampften mit ihren Cowboystiefeln im Takt. Das Publikum nahm den Takt von ihnen auf und klatschte begeistert mit.
Ramona kam zwar gut mit, war aber natürlich nicht so perfekt wie die Schwestern und sang den Song wie eine normale Ballade. Claudia war kaum zu hören, sie brummte den Alt mehr, als dass sie ihn sang.
Als die vier das Lied zu Ende gesungen hatten, war erst mal Stille im Saal. Dann fingen die Zuschauer an zu klatschen, klatschten immer lauter und lauter.

Jette und Julia verbeugten sich Hand in Hand, streckten die Hände in Siegerpose hoch und lachten. Ramona rückte von ihnen ab und verbeugte sich zusammen mit Claudia.
Die drei !!! applaudierten auch, um nicht aufzufallen. Trotzdem ließen sie jetzt Terry nicht aus den Augen. Doch die hielt sich erst mal zurück.
»Fangen wir mit Ramona an«, sagte Sue. »Du hast ein sehr gutes Rhythmusgefühl und hast die Songstruktur sehr schnell erfasst.«
»Deinen Ausdruck fand ich auch sehr schön«, sagte Michael Martens.
»Also mir war er eine Spur zu sanft«, mischte sich Terry ein.
»Trotzdem hast du eine tolle Performance hingelegt und dich auch im Vergleich zur ersten Runde richtig gesteigert«, sagte Sue. »Glückwunsch, du bist in der Endrunde!«
»Ja!«, jubelte Ramona.
Marie klatschte noch mal extra laut für ihre Freundin. Dann konzentrierte sie sich schnell wieder auf Terry.
»Nun zu dir, Claudia«, sagte Terry. »Du hast eine gute Stimme und normalerweise würden wir dir gern eine Chance geben. Aber es können nur zwölf Mädchen weiterkommen, und den strengen Anforderungen, die wir jetzt anlegen müssen, bist du leider nicht gewachsen.«
Claudia nickte und kämpfte gegen die Tränen an. Tröstend legte Ramona ihr den Arm um die Schulter.
»Jette und Julia!«, sagte Michael Martens und wandte sich mit einem breiten Grinsen an die Schwestern. »Ihr habt uns

heute echt überrascht! Beim ersten Mal war ja eure Intonation noch nicht so ausgeprägt, aber heute … Hut ab!«
»Das finde ich auch«, sagte Sue. »Faszinierend, wie schnell ihr den Song verstanden habt. Fast hätte ich geglaubt, ihr habt die Noten schon mal gesehen.«
»Übt ihr öfter im Gesangsunterricht, vom Blatt zu singen?«, fragte Terry schnell.
Jette und Julia nickten so eifrig wie aufgezogene Puppen.
»Ja«, antwortete Jette. »Unser Musik-Coach triezt uns ganz schön.«
»Der ist richtig fies!«, sagte Julia und verdrehte die Augen.
Ein paar Zuschauer lachten.
Terry lächelte. »Am besten hat mir gefallen, dass ihr den Song nicht wie eine Ballade, sondern schön rockig gesungen habt. Darauf ist bis jetzt noch keine vor euch gekommen. Und da wird sich der Komponist freuen. Der hat sich das nämlich genau so vorgestellt.«
Jette und Julia schwebten auf einer rosaroten Wolke.
»Ihr seid bis jetzt unsere absoluten Favoriten«, rief Michael Martens. »Ihr seid weiter!«
Die drei !!! tauschten schnell einen Blick. Dann sprangen sie wie auf Kommando von ihren Stühlen hoch. Marie und Kim rannten auf die Bühne. Franziska humpelte, so schnell sie konnte, hinter ihnen her.
»Stopp!«, rief Marie. »Wartet!«
Terry fielen fast die Augen aus dem Kopf. »Was fällt euch ein?«

Jetzt erkannte Michael Martens Marie und sprang wütend auf. »Ihr könnt hier nicht einfach mitten ins Casting platzen!«
Die Zuschauer fingen wieder an zu raunen. Sofort fuhren die Kameras auf die drei !!! zu und fokussierten sie. Etliche Journalisten sprangen auf und schossen Fotos.
»Doch, das können wir«, sagte Kim und sah geradeaus direkt in die Kameras. »Dieses Casting wurde nämlich manipuliert.«
Jette und Julia warfen verzweifelte Blicke zu Terry hinüber, aber die tat so, als bemerke sie es nicht.
»Was soll das heißen?«, fragte Sue.
Franziska fuhr fort: »Es gibt hier jemanden im Zuschauerraum, der die Jury bestochen hat. Genauer gesagt, ein Mitglied der Jury bestochen hat.«
Die Zuschauer wurden lauter.
»Wer?«, riefen ein paar.
»Was erzählt die Kleine da?«, fragte ein anderer.
Kim holte tief Luft: »Frau Ternieden, die Mutter von Jette und Julia, hat ein Mitglied der Jury mit Geld bestochen, damit ihre Töchter das Casting gewinnen.«
Mit hochrotem Kopf fuhr Frau Ternieden in die Höhe. »Das ist eine üble Unterstellung! Das habt ihr euch doch ausgedacht, ihr raffinierten Luder, bloß damit ihr einmal im Rampenlicht steht.«
Terry winkte den Assistenten zu. »Schnell, entfernt diese Mädchen von der Bühne!«
Doch die hörten sie gar nicht, weil sie gebannt die drei !!! anstarrten.

Da stand Michael Martens auf. »Das ist wirklich eine ungeheuerliche Behauptung, die ihr da aufstellt. Das hier ist ein faires Casting, bei uns geht es vollkommen korrekt zu. Bestechung und Betrug sind absolut tabu. Ich habe mich noch nie in meinem Leben bestechen lassen, das schwöre ich!«
»Ich auch nicht!«, versicherte Sue.
Marie trat einen Schritt vor die Jury. »Das wissen wir. Das Jurymitglied, von dem wir reden, ist auch keiner von Ihnen beiden.« Langsam ging sie auf Terry zu und richtete den Zeigefinger auf die Moderatorin. »*Sie* hat sich bestechen lassen!«
Terry fing wieder an zu schwitzen und lachte höhnisch auf.
»Das könnt ihr nie im Leben beweisen!«
»Doch«, sagte Kim. »Das können wir. Wir haben Ihr Gespräch mit Frau Ternieden im *Café Lomo* auf Band aufgenommen und Beweisfotos gemacht.«
»Du lügst!«, behauptete Terry. »Die Beweise will ich sehen.«
»Nichts lieber als das«, sagte Franziska. »Im Präsidium werden Sie alle Beweise sehen. Und zwar früher, als Sie glauben.«
Sofort flog eine Tür des Studios auf. Kommissar Peters und Polizeimeister Conrad stürmten in den Saal. Terry drehte sich blitzschnell um und flüchtete zum Hinterausgang.
Kommissar Peters lief ihr hinterher. »Halt, bleiben Sie sofort stehen!«
Terry rannte einfach weiter. Doch Kommissar Peters erwischte sie am Arm und hielt sie zurück. »Ich nehme Sie vorläufig fest wegen dringenden Verdachts auf Betrug und Bestechlichkeit.«

Polizeimeister Conrad kam dazu und legte Terry klirrend die Handschellen um.

»Ich will sofort meinen Anwalt sprechen!«, rief Terry.

»Ja, ja«, sagte Polizeimeister Conrad. »Das werden Sie schon noch, aber erst kommen Sie mit zu uns auf die Wache.« Terry sah den Polizeimeister verächtlich an.

Plötzlich zeigte Franziska in den Zuschauerraum. »Kim, Marie, schnell! Frau Ternieden will auch fliehen!«

Kim und Marie reagierten sofort und rannten los. Frau Ternieden war trotz ihres engen Samtkleids erstaunlich schnell. Sie quetschte sich an ihren Nachbarn vorbei und setzte dabei rücksichtslos ihre Ellenbogen ein. Auch Ramonas Mutter, die sie aufhalten wollte, schob sie einfach zur Seite. Panisch versuchte sie, zum nächsten Ausgang zu gelangen.

»Mama!«, riefen Jette und Julia hilflos.

»Kommt schon!«, rief Frau Ternieden zurück. »Kommt zu mir!«

Marie und Kim kämpften sich inzwischen zu Frau Ternieden durch und verstellten ihr den Weg.

»Hier geht es nicht weiter«, sagte Marie.

»Das hat doch keinen Sinn«, redete Kim auf die flüchtende Mutter ein.

Keuchend kam Franziska angehumpelt. »Geben Sie auf!«

»Nein!«, kreischte Frau Ternieden.

Kommissar Peters drängte sich vor und legte Frau Ternieden seine schwere Hand auf die Schulter. »Sie sind vorläufig festgenommen wegen dringenden Verdachts auf Betrug und Bestechung.«

Er legte Frau Ternieden die Handschellen an.
»Nein, nicht!«, rief sie, aber ihre Stimme zitterte und sie wehrte sich nicht länger.
Kommissar Peters drehte sich zu den drei !!! um. »Vielen Dank! Ihr habt sehr schnell reagiert.«
»Kein Problem«, sagte Marie.
Franziska zeigte auf ihre Freundinnen. »Ja, die beiden waren toll! Ich konnte leider nicht mithalten wegen meines Knöchels.«
Kommissar Peters nickte. Er wusste bereits, dass Franziska sich verletzt hatte.
»Und jetzt kommen wir wieder zu Ihnen«, sagte er zu Frau Ternieden. »Hier geht's lang. Folgen Sie mir bitte.«
»Machen Sie Platz!«, rief er den aufgeregten Zuschauern zu. »Gehen Sie aus dem Weg.«
Ein paar besonders Neugierige wollten nicht ausweichen.
»Wenn Sie nicht sofort Platz machen«, rief Kommissar Peters, »lasse ich Sie wegen Behinderung der Polizei in Gewahrsam nehmen!«
Das wirkte endlich. Trotzdem prasselten von überall her Fragen auf die Polizisten ein:
»Was geht hier eigentlich vor?«
»Ist das ganze Casting ein Betrug?«
»Was ist jetzt mit meiner Tochter?«
Kommissar Peters drehte sich noch einmal um und sah in die Runde. Erschrocken verstummten die meisten Zuschauer.
»Die heutige Castingveranstaltung wird abgebrochen und das komplette Casting bis auf Weiteres eingestellt«, verkündete er.

Michael und Sue, die bisher dem Ganzen ungläubig zugesehen hatten, liefen nun auf den Kommissar zu.

»Halt!«, rief Michael Martens. »Das geht nicht.«

»Das können Sie nicht machen!«, rief Sue. »Das ist ein Skandal für *Afternoon*. Sie ruinieren uns!«

Kommissar Peters schüttelte ungerührt den Kopf. »Das hätten Sie sich vorher bei der Auswahl der Jurymitglieder überlegen müssen.«

Michael Martens raufte sich die Haare. »Was soll ich denn jetzt den ganzen Bewerberinnen sagen? Ich kann sie doch nicht einfach heimschicken.«

»Das werden Sie aber müssen«, sagte Kommissar Peters.

»Ich fass es nicht«, rief Michael Martens, »ich fass es nicht …!« Sue hatte sich schneller wieder im Griff. Sie lief zu einem der Mikrofone und wandte sich an die Zuschauer: »Entschuldigen Sie bitte! Es tut uns sehr leid, dass das passieren konnte. Wir werden Sie selbstverständlich informieren, wann es mit dem Casting weitergeht. Bitte verlassen Sie jetzt alle den Saal.«

Buhrufe und Pfiffe kamen als Antwort zurück, andere Zuschauer klatschten laut. Dann setzten sich die ersten Zuschauer in Bewegung.

Die drei !!! folgten Kommissar Peters. Der führte Frau Terniedden hinüber zu Terry, die immer noch neben Polizeimeister Conrad stand und inzwischen völlig aufgelöst war. Als sie die drei !!! sah, starrte sie sie mit hasserfüllten Augen an.

»Na wartet, das werdet ihr noch bereuen!«, zischte sie ihnen zu.

Marie schüttelte den Kopf. »Irrtum, Sie werden es noch bereuen, wenn Sie vor Gericht stehen.«
Plötzlich stöhnte Frau Ternieden auf, sank in den Knien ein und klappte zusammen.
»Sie ist ohnmächtig geworden!«, kreischte Julia. Jette fing an zu heulen. »Ich will zu meiner Mutter!«
Kommissar Peters rief laut: »Ist hier irgendwo ein Arzt?«
»Hier!«, meldete sich eine Frau.
Polizeimeister Conrad hob die Hand. »Lasst die Ärztin durch!«
Kurz darauf war die Ärztin bei Frau Ternieden, beugte sich über sie und fühlte den Puls. Dann machte sie einen kleinen Check-up.
»Es geht ihr gut«, sagte sie schließlich. »Sie wird bald wieder zu sich kommen. Das war vermutlich nur die ganze Aufregung.« Die Ärztin klopfte Frau Terniedens Wangen. »Hallo, können Sie mich hören?«
Langsam schlug Frau Ternieden die Augen auf. »Wo ... wo bin ich?«
»Im Castingstudio«, sagte die Ärztin.
»Aber nicht mehr lange«, murmelte Marie.
Da drängte sich Ramona zu den drei !!! durch. Bewundernd sah sie die Mädchen an. »Sagt mal, macht ihr so was öfters?«
»Nö«, behauptete Marie und zwinkerte Franziska und Kim zu.
»Ihr wart großartig! Wie habt ihr das bloß alles herausgefunden? Ich kann es immer noch nicht glauben, dass ausgerechnet

Terry … und die Mutter von Jette und Julia. Das ist richtig ekelhaft! Jetzt erzählt schon: Wie seid ihr an die Beweise gekommen?«
Kim und Franziska guckten Marie warnend an.
»Sorry«, sagte Marie. »Das bleibt unser Geheimnis!«

Wirbel um die drei !!!

»Herzlich willkommen zur Sondersitzung im Hauptquartier!«, rief Franzi. Drei Tage später stand sie am Eingang des Pferdeschuppens und begrüßte Kim und Marie.
»Hallo, Franzi!«, sagte Kim. »Wie geht es deinem Knöchel?«
»Jeden Tag etwas besser«, antwortete Franziska.
Lachend kamen Kim und Marie herein. Marie mit einer Schachtel unter dem Arm. Sorgfältig sperrte Franziska hinter ihnen ab. Marie und Kim warfen ihre Winterjacken ab und wärmten fröstelnd ihre Hände an dem kleinen Bullerofen, den Herr Winkler ihnen zur Verfügung gestellt hatte.
»Endlich allein!«, stöhnte Kim und ließ sich auf einen Stuhl fallen.
»Wieso endlich?«, fragte Marie. »Ich fand den Wirbel toll.«
»Ja, klar«, sagte Franziska, während sie ihr Bein auf einem Hocker ablegte. »Du bist ja auch mediengeil.«
»Lasst uns lieber feiern statt streiten!«, sagte Kim und öffnete ihren Rucksack. »Seht mal, was ich alles dabeihabe: Dominosteine, Lebkuchen, Äpfel und Mandarinen.«

»Hm!«, machte Franziska und schnappte sich sofort einen Apfel. »Holst du mal die Cola rüber, Marie? Auf dem Bürocontainer stehen zwei Flaschen.«
Marie stand auf, brachte die Flaschen und schenkte die Cola in Gläser ein. Mittlerweile hatten sie sich richtig schön eingerichtet in ihrem Hauptquartier. Ein Regal war dazugekommen – Marie hatte es spendiert, nachdem ihr Vater ihr ein neues geschenkt hatte – und Franziskas Mutter hatte ihnen ein paar Gläser, Besteck und Teller gegeben, damit sie im Schuppen essen und trinken konnten.
Die drei !!! stürzten sich auf die leckeren Sachen und aßen so lange, bis fast nichts mehr übrig war.
»Hast du die Zeitung dabei?«, fragte Franziska.
Kim nickte. »Ich hab mir gleich drei Exemplare gekauft. Habt ihr den Artikel auch schon gelesen?«
»Klar!«, sagte Franziska.
»Mindestens fünfmal«, sagte Marie, »aber ich kann ihn immer noch nicht auswendig. Los, lies schon vor!«
Kim schlug die Seite im Lokalteil auf und holte tief Luft:

Spektakulärer Betrug bei Casting-Show

Am Freitag gelang es der Polizei dank der tatkräftigen Unterstützung von drei cleveren Detektivinnen, einen außergewöhnlichen Betrugsfall aufzuklären. Es wurden zwei Personen festgenommen, die nun in Untersuchungshaft sitzen: Helga Ternieden und Terry Barnhelm, ein Mitglied der Casting-Jury. Helga Ternieden hatte in mehreren Raten Bestechungsgelder an Frau Barnhelm gezahlt und als Gegenleistung die Zusicherung erhalten, dass ihre beiden Töchter beim Auswahlverfahren für eine Mädchenband, die im Jugendsender Afternoon auftreten soll, vorgezogen wurden. Frau Ternieden erhielt außerdem geheime Informationen zum Ablauf der einzelnen Castingrunden, die ihren Töchtern einen eindeutigen Vorteil gegenüber den anderen Bewerberinnen verschafften. Als Motiv gibt Frau Ternieden an, sie habe »nur das Beste für ihre Töchter gewollt« und ihnen den Start in die Popstar-Karriere erleichtern wollen. Dass der Ehrgeiz mancher Eltern mittlerweile solche Ausmaße annimmt, ist ein erschreckendes Zeichen des Starfiebers unter Jugendlichen, das unsere Gesellschaft mehr als nachdenklich stimmen und zum Handeln animieren sollte.

Terry Barnhelm ist kein unbeschriebenes Blatt. Bei Castings in anderen Städten hat sie bereits mehrfach Bestechunggelder angenommen und ist zudem unter falschem Namen in kriminelle Musikgeschäfte verwickelt, die die Polizei gerade noch aufklärt.

Für Hinweise, die zu ihrer Ergreifung führen, war eine Belohnung ausgeschrieben, die nun die mutigen Mädchen erhalten haben. Gemeinsam hatten sie der Polizei entscheidendes Beweismaterial geliefert, das die sofortige Festnahme der beiden Täterinnen ermöglichte. Michael Martens und Sue Mendel, die beiden anderen Jurymitglieder, hat die Polizei ebenfalls vernommen und für unschuldig befunden. Beide haben mit den Bestechungsvorfällen nichts zu tun und wussten auch nichts davon.

Das Casting wird nächste Woche fortgesetzt, allerdings mit einem neuen Jurymitglied: Statt Terry Barnhelm wird Maike Weser einspringen, die sich durch ihre kritische Berichterstattung in verschiedenen Jugendmagazinen einen Namen gemacht hat.

Ein besonderer Dank der Polizei geht noch einmal an die drei jungen Detektivinnen. Ihr couragierter Einsatz ist ein Vorbild für alle Mitbürger dieser Stadt.

Franziska kicherte. »Das geht doch runter wie Öl!«

»Finde ich auch«, sagte Marie. »Lieber ein Kompliment zu viel als zu wenig.«

Kim faltete die Zeitung wieder zusammen. »Bloß schade, dass Michi in dem Artikel nicht erwähnt wird. Schließlich hat er uns so toll geholfen.«

»Stimmt«, sagte Franziska. »Aber wir haben uns ja schon extra bei ihm bedankt.«
Kim lächelte. »Ja!« Erst gestern hatte sie Michi angerufen und hatte seine wundervolle Stimme immer noch im Ohr.
Marie schenkte sich noch ein Glas Cola ein. »Und Kommissar Peters hat tatsächlich Wort gehalten. Da steht nichts über unseren Detektivclub.«
»Das ist auch gut so«, sagte Franziska. »Jetzt kennen uns eh schon viel zu viele Menschen. In der Pause sprechen mich dauernd Leute an und fragen mir Löcher in den Bauch. Wenn die wüssten, dass wir richtige Detektivinnen sind, könnten wir in Zukunft überhaupt nicht mehr ungestört ermitteln.«
»Bringen sie die Geschichte eigentlich auch im Fernsehen?«, fragte Marie.
Kim schüttelte den Kopf. »Nein, das hat Kommissar Peters verhindert. Die Aufnahmen der Kameraleute braucht die Polizei jetzt als Beweismaterial.«
»Schade«, meinte Marie. »Dabei hab ich mich extra schön gestylt für die Kameras.«
Franziska knuffte Marie in die Seite. »Ich mag dich ohne das ganze Make-up viel lieber! Das brauchst du doch gar nicht.«
»Keine Sorge«, meinte Kim. »Auch wenn unser Fall nicht ins Fernsehen kommt, verloren geht er garantiert nicht. Ich hab gestern nämlich wieder an meinem Krimi weitergeschrieben. Und da sind Ähnlichkeiten mit lebenden Personen rein zufällig!«
Franziska sah Kim bewundernd an. »Gibst du uns mal was zu lesen?«

»Ich bin auch schon total gespannt«, sagte Marie.
Kim zögerte. »Hm, vielleicht, mal sehen ... Ich muss den Text erst noch überarbeiten.« Dann wechselte sie schnell das Thema. »Marie, was ist denn eigentlich in der Schachtel, die du mitgebracht hast?«
Marie lächelte geheimnisvoll. »Ein Gegenstand, den die drei !!! dringend brauchen.«
»Hast du es etwa schon gekauft?«, fragte Kim aufgeregt.
»Klar«, sagte Marie. »Sofort nachdem du mir einen Teil der Belohnung dafür gegeben und mir genau erklärt hast, welches Teil ich kaufen muss.«
»Der Rest ist sicher verwahrt«, sagte Kim. Sie konnte es immer noch nicht glauben, dass sie fünfhundert Euro Belohnung von der Polizei bekommen hatten.
Marie öffnete die Schachtel, die sie mitgebracht hatte. Unter einem Haufen Styroporschnipseln kam ein glänzendes schwarzes Gerät zum Vorschein. »Da ist es: ein professionelles Aufnahmegerät mit Richtmikrofon.«
»Wow!«, rief Franziska. »Das sieht ja stark aus.«
Kim nahm das Gerät vorsichtig in die Hand. »Super Reichweite, klarer Empfang und minimales Rauschen und dabei extrem leicht und klein!«
»Das wird uns sicher noch tolle Dienste leisten«, sagte Marie, »spätestens bei unserem nächsten Fall.«
Franziska nickte. »Da freu ich mich jetzt schon drauf. Und auf die Fortsetzung des Castings auch. Wir werden deine größten Fans sein und dir zujubeln.«

Marie legte die Schachtel weg und schwieg.
»Was ist denn?«, fragte Kim. »Du machst doch wieder mit, oder?«
»Nein, ich glaub nicht«, sagte Marie. »Den ganzen Stress ist es mir nicht wert. Ramona ist zurzeit völlig fertig. Sie hat einen richtigen Nervenzusammenbruch gehabt.«
»Warum das denn?«, fragte Franziska.
Marie seufzte. »Ihre Mutter hat sie total unter Druck gesetzt, seit Jahren schon, und dann kam auch noch die Aufregung beim Casting dazu. Da ist bei Ramona einfach die Sicherung durchgebrannt. Als ich das mitbekommen hab, bin ich richtig erschrocken. Na ja, auf so was kann ich echt verzichten. Natürlich werde ich weiter singen und vielleicht später mal Schauspielerin oder Sängerin werden, aber das hat noch Zeit. Im Moment sind mir andere Dinge wichtiger. Außerdem muss man im Leben Prioritäten setzen. Und die drei !!! sind mir nun mal tausendmal wichtiger als alles andere.« Franziska und Kim sahen sich verblüfft an.
Dann grinste Franziska. »Und das aus deinem Mund! Es geschehen noch Zeichen und Wunder!«

Henriette Wich hat schon oft als Kind gerne gesungen: mit ihren sechs Geschwistern, im Chor und mit Freunden. Auch in ihren Büchern kommen immer wieder Songs vor, wie in »Betrug beim Casting«. Ein ganz klarer Fall für die erfolgreiche Krimiautorin: Singen, Lesen und Schreiben macht glücklich!

Leseprobe

Maja von Vogel: Geheimnis im Spukhotel

Eine Stunde später lag Kim im Bett und rekelte sich wohlig unter der Daunendecke. Das weiße Bettzeug war zwar schon etwas verschlissen, duftete aber frisch nach Waschmittel. Aus dem Badezimmer war leises Plätschern zu hören. Marie lag in der Wanne und gönnte sich ein ausgiebiges Bad. Kim griff nach dem kleinen Schokoladen-Täfelchen, das als süßer Willkommensgruß auf ihrem Kopfkissen gelegen hatte, wickelte es aus und steckte es sich in den Mund. Vollmilch mit Nussstückchen – lecker!

Draußen regnete es schon wieder. Die Tropfen prasselten gegen die Fensterscheibe und ein kräftiger Wind wehte um das Hotel. Kim gähnte. Der Tag war anstrengend gewesen.

»Eigentlich wären wir jetzt schon am Titisee«, sagte sie zu Franzi, die im Schneidersitz auf dem Bett gegenüber saß.

»Hm.« Franzi hatte geduscht und trug einen weißen Hotel-Bademantel über ihrem Nachthemd. Sie tippte auf ihrem Handy herum. »Verdammt!«

»Was ist denn?«

»Kein Empfang! Dabei wollte ich Blake gerade eine Nachricht schicken.« Frustriert warf Franzi das Handy auf ihr Kopfkissen.

»Probier es doch morgen im Frühstücksraum.« Kim griff nach ihrem Krimi und freute sich darauf, vor dem Einschlafen noch ein Stündchen zu lesen.

Da ertönte ein spitzer Schrei aus dem Badezimmer, gefolgt von heftigem Geplätscher. Kim fuhr hoch. Sie wechselte einen alarmierten Blick mit Franzi, dann sprangen beide gleichzeitig auf und stürmten ins Bad.

»Marie!«, rief Franzi. »Was ist los?«

Marie stand in ein Handtuch geschlungen neben der Wanne. Aus ihren Haaren tropfte das Wasser und um ihre Füße hatte sich eine kleine Pfütze gebildet. Sie war so weiß wie Franzis Bademantel. »D…d…da war jemand!«, stammelte sie.

»Wo?« Kim sah sich im Bad um. »Hier?«

Marie schluckte. »Als ich gerade in der Wanne lag, hat mich jemand angefasst.« Ihre Stimme zitterte leicht. »War das eine von euch?«

Kim schüttelte den Kopf. »Wir waren beide drüben.«

»Wirklich?«, fragte Marie misstrauisch. »Falls das ein Scherz sein soll, finde ich ihn nicht besonders witzig.«

»Kim hat im Bett gelegen und ich hab versucht, Blake eine Nachricht zu schreiben«, sagte Franzi. »Wir haben uns nicht ins Bad geschlichen, ehrlich.«

»Was ist denn genau passiert?«, fragte Kim.

Marie atmete tief ein und wieder aus. »Ich lag ganz entspannt in der Wanne und hab vor mich hin gedöst. Plötzlich war da so ein eisiger Lufthauch und dann hab ich eine Hand auf meiner Schulter gespürt.«

»Bist du sicher?« Franzi runzelte die Stirn.
Marie nickte. »Hundertprozentig! Die Hand hat mich zwar nur ganz kurz berührt, aber das war garantiert keine Einbildung.«
»Und dann?«
»Dann hab ich geschrien und bin aus der Wanne gesprungen.«
»Außer dir war niemand im Bad«, sagte Franzi energisch. »Du warst allein. Also kann dich auch niemand angefasst haben.«
»Doch«, erwiderte Marie tonlos. »Ein Geist.«
Franzi lachte. »Das ist jetzt nicht dein Ernst, oder?«
»Also … ich hatte vorhin auch ein seltsames Erlebnis«, gestand Kim zögernd. »Genauer gesagt zwei.«
»Wie bitte?« Franzi zog überrascht die Augenbrauen hoch.
Kim erzählte stockend von dem Schatten, den sie bei ihrer Ankunft auf dem Balkon gesehen hatte. Und von dem kalten Lufthauch während des Stromausfalls.
»Ich sag's ja!« Maries Gesicht bekam wieder etwas Farbe. »Hier spukt's.«
Franzi schnaubte verächtlich. »Dreht ihr jetzt beide durch?« Sie sah Kim kopfschüttelnd an. »Seit wann glaubst du denn an Geister?«
Kim wurde rot. »Das tue ich doch gar nicht! Aber … das war wirklich seltsam.«
Eigentlich hatte Kim mit Gespenstern und anderen Spukgestalten nichts am Hut. Ganz im Gegensatz zu Marie, die sich

sehr für übersinnliche Phänomene interessierte. Sie legte gerne Tarotkarten, machte Gläserrücken und probierte manchmal seltsame Orakel aus, die die Zukunft vorhersagen sollten.
»In diesem alten Kasten zieht es wie Hechtsuppe«, stellte Franzi fest. »Darum habt ihr einen kalten Lufthauch gespürt. Und die Berührung hast du dir bestimmt nur eingebildet, Marie.«
»Hab ich nicht«, widersprach Marie.
»Deine Fantasie hat dir einen Streich gespielt«, versicherte Franzi. »Kein Wunder, dieses Hotel könnte glatt die Kulisse für einen Gruselfilm sein. Und dann noch dieses Unwetter draußen …« Sie lauschte auf den Sturm, der immer heftiger um das Haus tobte. »Glaubt mir, morgen bei Tageslicht lachen wir darüber.«
»Vielleicht hast du recht«, sagte Kim halbherzig. Ihr Kopf wollte Franzi zustimmen, aber ihr Bauch sagte etwas anderes. Hier stimmte etwas nicht. Kim versuchte, das mulmige Gefühl abzuschütteln. »Am besten, wir gehen früh schlafen.«
Damit waren alle einverstanden.
Eine halbe Stunde später lagen die Detektivinnen in ihren Betten. Kim klappte den Krimi zu, in dem sie noch ein paar Seiten gelesen hatte, während Marie sich im Badezimmer die Haare föhnte. Aber sie hatte sich nicht richtig konzentrieren können und war mit ihren Gedanken immer wieder abgeschweift. War der eisige Lufthauch wirklich nur Einbildung gewesen? Genau wie der Schatten auf dem Balkon und die Berührung, die Marie im Bad gespürt hatte?

Franzi knipste das Licht aus. »Gute Nacht.«
»Gute Nacht«, sagte Kim.
Auf dem Flur waren trappelnde Schritte und Kinderstimmen zu hören. Dann schlug eine Tür und es war wieder ruhig.
»Jetzt gehen wir schon früher ins Bett als die kleinen Kinder«, murmelte Marie schläfrig.
Franzi kicherte leise.
Bettzeug raschelte, bevor sich nächtliche Stille über das Zimmer senkte. Nur das Geräusch des Windes, der an den Fensterläden zerrte, war zu hören. Es begleitete Kim in ihre Träume.

Die drei !!!

Clevere Girls knacken jeden Fall!

- ☐ Die Handy-Falle
- ☐ Betrug beim Casting
- ☐ Gefährlicher Chat
- ☐ Gefahr im Fitness-Studio[e]
- ☐ Tatort Paris[e]
- ☐ Skandal auf Sendung[e]
- ☐ Vorsicht Strandhaie![e]
- ☐ Skaterfieber[e]
- ☐ Im Bann des Tarots[e]
- ☐ Tanz der Hexen[e]
- ☐ Kuss-Alarm[e]
- ☐ Popstar in Not[e]
- ☐ Gefahr im Reitstall
- ☐ Spuk am See[e]
- ☐ Duell der Topmodels[e]
- ☐ Total verknallt![e]
- ☐ Gefährliche Fracht[e]
- ☐ VIP-Alarm[e]
- ☐ Teuflisches Handy
- ☐ Beutejagd am Geistersee[e]
- ☐ Skandal auf der Rennbahn[e]
- ☐ Jagd im Untergrund[e]
- ☐ Undercover im Netz[e]
- ☐ Fußballstar in Gefahr[e]
- ☐ Herzklopfen![e]
- ☐ Tatort Filmset[e]
- ☐ Vampire in der Nacht[e]
- ☐ Achtung, Promihochzeit![e]
- ☐ Panik im Freizeitpark[e]
- ☐ Falsches Spiel im Internat[e]
- ☐ Betrug in den Charts[e]
- ☐ Party des Grauens[e]
- ☐ Küsse im Schnee[e]
- ☐ Brandgefährlich![e]
- ☐ Diebe in der Lagune[e]
- ☐ SOS per GPS[e]
- ☐ Mission Pferdeshow[e]
- ☐ Stylist in Gefahr
- ☐ Verliebte Weihnachten
- ☐ Achtung, Spionage![e]
- ☐ Im Bann des Flamenco
- ☐ Geheimnis der alten Villa
- ☐ Nixensommer
- ☐ Skandal im Café Lomo!
- ☐ Tatort Geisterhaus
- ☐ Filmstar in Gefahr
- ☐ Unter Verdacht
- ☐ Die Maske der Königin
- ☐ Skandal auf dem Laufsteg
- ☐ Freundinnen in Gefahr
- ☐ Krimi-Dinner
- ☐ Das rote Phantom
- ☐ Hochzeitsfieber!
- ☐ Klappe und Action!
- ☐ Wildpferd in Gefahr
- ☐ Geheimnis im Düstermoor
- ☐ Tatort Kreuzfahrt
- ☐ Gorilla in Not
- ☐ Das geheime Parfüm
- ☐ Liebes-Chaos!
- ☐ Der Fall Dornröschen
- ☐ Spuk am Himmel
- ☐ Flammen in der Nacht
- ☐ Der Graffiti-Code
- ☐ Heuler in Not
- ☐ Tanz der Herzen
- ☐ Tatort Geisterbahn
- ☐ Gefahr im Netz
- ☐ Nacht der Wölfe
- ☐ Gefährliches Spiel
- ☐ Gefahr in den Ruinen
- ☐ Kuss der Meerjungfrau
- ☐ Legende der Einhörner
- ☐ Rätsel der Vergangenheit
- ☐ Tatort Hollywood
- ☐ #Falscher Ruhm
- ☐ Achtung, Gaunerzeichen!
- ☐ Das Bienengeheimnis
- ☐ Vier Pfoten in Gefahr
- ☐ Ein echt schöner Fall
- ☐ Geheimnis im Spukhotel
- ☐ Das Konfetti-Komplott
- ☐ Voller Einsatz für die Erde
- ☐ Luftballon-Küsse

Alle Bücher auch als E-Book erhältlich
[e] nur als E-Book erhältlich

diedreiausrufezeichen.de